請照顧我女兒

媽媽好想活下去，
因為媽媽想陪妳長大……

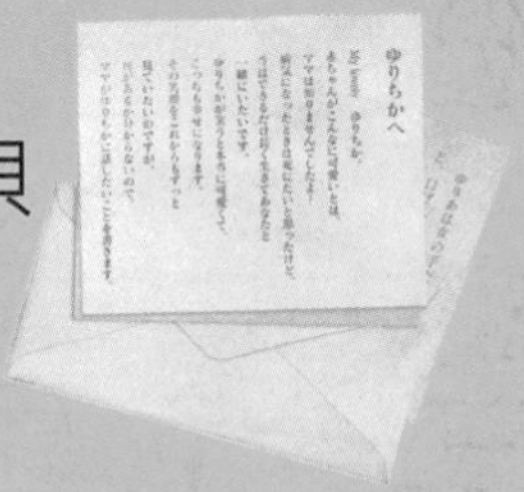

寫給我的親親柚莉寶貝

特列寧・晃子／著　王蘊潔／譯

Part 001 寫給柚莉亞 009

CONTENTS 目錄

CONTENTS 目錄

寫給我的親親柚莉寶貝：

My lovely柚莉寶貝。
媽媽以前不知道，
原來小貝比這麼可愛！
媽媽得知自己生病時，很想一死了之，
但現在很希望可以多陪妳一天。
妳笑的時候好可愛，
連媽媽都跟著幸福起來。
媽媽很希望可以一直看著妳的笑容，
但未來的事難以預料，
所以，媽媽把要對妳說的話統統寫下來……

Part 001

寫給柚莉亞

個人都是孤單來到這個世界，又孤單地離開人世，
雖然很寂寞，但最後還是要靠自己。

關於里奧涅的事（爸爸的事）

媽媽好愛里奧涅*，眞的很慶幸有緣遇見他。我們出生在相隔遙遠的不同國度，在完全不同的環境中長大，卻可以相遇，實在太神奇了。第一次接到里奧涅的電話時，媽媽只覺得他是個「怪咖」（只是怪胎的意思，不是說他變態喔），因爲之前我們用電子郵件聊天很愉快，想說見面也無妨，沒想到他一身土裡土氣的打扮（爸爸的品味有問題，柚莉亞，妳要多注意喔！），媽媽對爸爸的第一印象不怎麼樣，而且，爸爸完全不說話！所以，之後爸爸又找媽媽約會時，媽媽很驚訝。因爲第一次約會時，爸爸都不說話，媽媽以爲他也不喜歡媽媽。後來才知道，爸爸向來很少說話，所以不必太介意（吃飯的時候，爸爸也完全不說話，但爸爸並沒有生氣，只是不愛說話，想趕快把飯吃完，所以不必在意！有時候他會和俄羅斯的朋友嘰哩呱啦說很多話……搞不懂是怎麼回事）。

沒想到，第二次約會時，爸爸遲到了兩個小時！（爸爸很討厭等人，卻常常讓別人等半天。爸爸愛遲到的習慣很不好，柚莉亞，妳要好好調教他！）就這樣，媽媽越來越瞭解爸爸，也慢慢愛上了爸爸。

爸爸不像任何人，是很獨特的怪咖。媽媽最喜歡爸爸的與眾不同，但也因爲這樣的關係，有些人會對爸爸產生誤解。爸爸不是人見人愛的那種人，所以，遇到這種情況時，媽媽就會協助爸爸解決問題。因爲爸爸的日文不太好。

有時候，爸爸不會把心裡的想法說出來。雖然心裡覺得「很喜歡」或是「很感謝」，卻不願意說出口。因爲他太害臊，也以爲不用說，對方就會知道。但是，有時候需要把話說出來，對方才會瞭解，媽媽也不是mind reader，想要爸爸把話說清楚時，就會拜託爸爸說（但如果太糾纏不清，就會造成反效果，爸爸反而會鬧彆扭，所以很難掌握分寸。千萬不能生氣、哭鬧、情緒化，要心平氣和，坦誠而誠懇地拜託爸爸），爸爸就會回應媽媽的要求，從爸爸的態度上就可以感覺到不一樣。於是，媽媽知道，爸爸不說「我愛妳」這句話，是因爲他內心的感情更深，無法用言語表達。

爸爸對女生很親切（尤其是年輕漂亮的女生！對老女人的態度就不怎麼好……），而且，他對喜歡的人和不喜歡的人的態度完全不一樣。爸爸有他獨特的判斷基準，幾乎都憑第一印象決定。一旦決定，之後很少會改變，和小權*差不多。

爸爸在喜歡的人和初次見面的人面前，有時候會人來瘋，故意把車子開得很狂野，或是好像把妳當成雜耍的道具……故意做一些讓人瞠目結舌的事，結果往往嚇到別人，爸爸卻不在意，仍然很賣力地人來瘋。他的這種個性很孩子氣，不必爲這種事生氣，只要知道他「又來了」，就讓他瘋個夠吧。

爸爸送喜歡的人禮物時，會送「爸爸眞心覺得很棒的禮物」，他很有自信，結果完全忘記了收禮物的人會不會開心……。爸爸沒有惡意，所以，如果妳想要什麼禮物，要事先告訴他。

爸爸很喜歡拍照（也喜歡送別人照片），喜歡有生命的東西，覺得小動物忙碌地動來動去的樣子很有趣、很可愛。

前幾天，爸爸早晨出門上班時，突然在門口停下來，拿出了照相機。因爲他在門口發現了一隻小蜥蜴。他上班快遲到了，居然還有閒情拍蜥蜴。媽媽很喜歡爸爸這樣悠閒地活在自己的世界裡。

*里奧涅：媽媽都這麼叫爸爸。「里奧契克」「里奧涅」，還有「雷尼」和「里奧涅克」，叫妳的時候也有很多名字「噗克」「噗噗」「小不點」（妳應該有二十個名字！）特列寧家族都喜歡幫人取很多名字。

*小權：媽媽的狗。M・雪納瑞犬（公・六歲）。牠也有獨特的判斷基準，憑第一印象馬上決定「安全的人」＝「安靜」、「壞人」＝「大聲吠叫、咬人」。沒有人知道小權的基準，每天散步時，經常讓媽媽很傷腦筋。

2001年冬天，結婚前的爸爸和小權。

吵架

柚莉亞，妳是女生，所以我相信妳不至於和別人打架，但可能會常常和別人吵架，和爸爸、媽媽，還有朋友……很多人發生口角。

吵架就是在比誰反應更快，當對方說完一句話時，如果不能馬上回嘴就輸了。萬一舌頭打結，或是反應慢半拍，或是被對方的氣勢嚇到了，吵架就輸了。靠臨場反應立刻還以顏色是對腦力的大考驗，聰明的人可能比較會吵架，媽媽不太會吵架，每次都會想半天，沒辦法馬上反駁對方。

爸爸很會吵架（爸爸也很擅長馬上找到藉口）。

不過，有時候吵完架後，媽媽反而很慶幸自己不太會吵架。當聽到別人批評自己或是說很過分的話，難免會受傷，心情很不好，所以，才覺得至少自己沒有出口傷人。雖然在吵架的時候，很氣自己沒辦法當場反駁對方，但還是要慶幸自己沒有脫口說出傷人的話。語言的殺傷力很大，即使言者無心，說了就忘，但聽者無法忘記內心受到的傷害。

人不是單獨活在世界上，必須和很多人產生交集。一種米養百種人，當然可能遇到合得來或是合不來的人，在和這些人相處的過程中，難免會發生爭執。

吵架並不是壞事，但更重要的是，吵完架之後，要言歸於好。和好的訣竅在於「隔一夜」。吵架時，人往往容易因爲生氣而變得情緒化，雙方都無法保持冷靜。所以，隔了一夜，雙方心情平靜下來後，就可以冷靜思考。

和好的時候，要明確說出自己對哪些地方感到不滿，因此受到了傷害，心情很不好，這種時候，不需要忍耐，但是，說話的時候絕對不能情緒化，不要咄咄逼人！

一定要誠懇、坦誠而冷靜地告訴對方。

不要責備對方，關鍵在於告訴對方自己對哪裡感到不高興。當對方告訴自己這些時，也不能情緒化，要認眞聽對方說。雖然要保持平靜，不情緒化並不容易，但至少要努力看看。

並不是每次和好都順利，也會有很多時候踢到鐵板，有時候無論如何都無法原諒對方。這種時候，即使無法原諒，至少暫時忘了這件事。有時候可能會遇到無法解決的問題，這種時候，最好的方法就是不去想它。

有時候不一定要正面衝撞，用迂迴的方式或許更能夠達到理想的效果。

媽媽在二十五歲之前，覺得這種態度好像在逃避，太狡猾了，所以很不欣賞，但出社會後，遇見各式各樣的人，漸漸認識到應該避開「地雷」。經常有人說，「只要溝通就能理解」，但那是天大的謊言，有時候「即使溝通也無法理解」，所以，必須用態度和言語努力溝通，不要以爲心裡知道就好，Action（行動）最重要，如何將想法付諸Action（行動），就代表了一個人的人生，所以，眞的很辛苦。

這個世界上有些人無論怎麼溝通，都會覺得「有理說不清」。媽媽和爸爸之間也一樣，有時候無論媽媽怎麼溝通，爸爸還是無法理解，即使是兩個相愛的人，有時候也無法相互理解，但我們會把這些事擱置一邊，所以，平時感情很好，面對自己喜歡的人，會努力不去注意他的缺點。如果可以因此減少每天的壓力，快快樂樂地過日子，媽媽覺得沒什麼不好。

有些人每天見面就會吵架，但如果只是偶然見面，就可以維持良好的關係。媽媽讀大學時，幾乎每天都跟媽媽的媽媽和爸爸吵架，很討厭住在家裡，於是，就打工存錢搬出去住。搬出去住之後，就開始瞭解爸爸、媽媽的好，能夠坦誠地表達內心的感謝。媽媽的媽媽和爸爸也懂得體諒媽媽，彼此的關係就更加融洽了。

有時候即使努力不看對方的缺點，雙方保持一段距離後，仍然無法改善，仍然覺得忍無可忍，那就乾脆離開那個人（那件事、那個地方）。因爲和那個人（那件事、那個地方）繼續相處下去，只會讓自己繼續受傷害，不如趁早分道揚鑣，各走各的。時下的年輕人往往自我忍耐到鬧自殺的地步，太傻了。大部分的事根本不値得用死來解決，只要躲得遠遠的，逃開就好！眞正面臨絕境時，有時候甚至無法想到要「逃」，但柚莉亞，眞的面臨絕境時，就趕快逃吧。

因爲最後能夠保護自己生命的，不是別人，不是妳愛的人，也不是醫生，只有妳自己。

在最後的關頭，只能靠自己。

每個人都是孤單來到這個世界，又孤單地離開人世，雖然很寂寞，但最後還是要靠自己。

所以，活在人世時，要盡可能和喜歡的人在一起，好好享受人生!!

朋友

柚莉亞，媽媽希望妳可以交到很多好朋友。

朋友當然是越多越好，但朋友的價值是「質勝於量」，所以，即使朋友不多，即使沒什麼朋友，也不是什麼丟臉的事，以後會慢慢交到朋友，不必太擔心。

媽媽不太擅長交朋友。從中學到高中，以及大學和青春期時，常常會一個人想太多，不敢和別人說話，把自己弄得緊張兮兮的。

小時候，只要妳出去玩，就可以交到朋友。

等妳讀托兒所和幼稚園後，也許可以交到更多朋友。小孩子往往不知道自我克制，都很任性調皮，彼此都不肯讓步，所以會經常吵架。根據媽媽的經驗，那些受歡迎的孩子，通常很懂得克制自己的任性，懂得爲別人著想，不說惹人不高興的話，不做別人討厭的事。印象中，他們都很自我克制，媽媽並不要求妳做到像他們一樣，因爲整天爲別人著想很辛苦。爲他人著想很重要，不過，如果整天顧著別人，就可能顧不了自己。首先要懂得珍惜自己，然而，整天都把自己放在第一位，就變成了「任性」，雖然很難掌握分寸，但還是要努力在自己和他人之間取得平衡。

想要結交朋友、想要和朋友搞好關係，關鍵在於打開心胸，坦誠相處，不需要爲了讓自己看起來更好而做作矯情，凡事保持淡然的態度。以前媽媽常常想要求表現，所以反而把事情搞砸了。

還有一點很重要，就是不要和朋友比較。

柚莉亞，妳是世界上獨一無二的，全世界只有一個妳。所以，千萬要記住，不必和任何人比較。

輕易和別人比較，往往會覺得別人比實際中更好，不由得心生羨慕。如果一開始就不比較，根本就不會產生這種煩惱了。

在和別人比較，或是被別人比較時，會產生「競爭意識」。媽媽希望妳記住，當妳對某個人產

和小表哥勇氣在一起

生競爭意識時，證明妳已經「輸」給那個人了。因爲只有輸的人會對贏的人產生某種羨慕，進而發展爲「競爭意識」。這種競爭意識很容易發展爲「嫉妒」，是很不容易對付的情緒。一旦產生了競爭意識，只能由當事人自行解決。相反的，當別人對自己產生競爭意識時，自己不需要改變任何事，只要保持平時的樣子就好。如果故意自我降低或是手下留情，只會造成反效果。雖然看起來有點冷漠，但這是對方必須自行解決的問題，旁人也無能爲力。

在所有的感情中，「嫉妒」這種情緒眞的、眞的很難控制，因爲這種情緒太強烈了，有時候可能會讓一個人粉身碎骨。

所以，一個人的人生態度決定了他如何處理這種情緒。

柚莉亞，相信妳有一天會爲這種情緒感到煩惱。

媽媽很希望可以助妳一臂之力。

小時候

小孩子的時候很長、很長、很長。每個小孩子都很努力扮演小孩子的角色，所以雖然只是小孩子，卻覺得自己長大了。每天都要去學校，要聽大人的話，還要讀書、寫功課，要和同學交朋友，當小孩子也不輕鬆。媽媽忘了小時候是不是很希望早一點變成大人，但眞的快變成大人時，又很希望繼續當小孩子，很奇怪吧。

總之，當小孩子的時間會很長，不妨輕鬆看待，覺得就是這麼一回事。因爲即使著急也無法改變任何事，反正未來的路還很長。

「時間」很神奇，可以對這個世界上所有的事物發揮作用。雖然時間的流逝很緩慢，但確確實實可以解決很多事，所以，有時候，乾脆把事情交給「時間」處理。

仔細思考一下，會覺得人生就是在「等待」什麼。可能在等待美好的事物，希望妳能夠充滿期待地等待。

小時候往往有很多搞不清楚的事，有時候甚至不瞭解自己搞不清楚什麼事，也搞不清楚自己想要怎麼做，腦筋一片混亂。所以，也無法表達自己的想法，這很正常，不必擔心，有朝一日，妳會覺得豁然開朗。

當腦筋一片混亂時，會讓人感到心焦，也很痛苦，所以很難處理問題，但著急也改變不了任何事，不妨放鬆心情，悠然面對。話說回來，如果小孩子能夠做到這一點，就不是小孩子，而是出色的大人了（笑）。

媽媽一歲的時候

外婆（好年輕）抱著媽媽

爸爸小時候

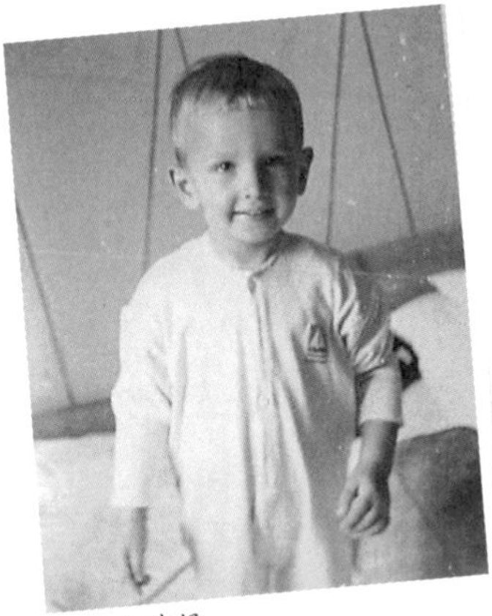

爸爸小時候

讀書

柚莉亞，說句心裡話，媽媽只希望妳健健康康的，即使功課不怎麼好也無妨（但爸爸應該不這麼認爲，他可能在教育方面會很嚴格）。媽媽說的讀書，是指學校的課業，根據媽媽在日本教育體制中讀完小學、中學和高中（大學有點不一樣）的經驗，學校的功課都是以「死背」爲主流。漢字、英文單字、文法、九九乘法表、數學公式、地名等等，只要能夠統統背下來，往往可以考出好成績。媽媽在讀小學四年級時，記憶力突然變強了（腦袋突然變清晰了，無論背什麼，都很快記住了。之前完全背不起來，所以成績也很差），之後，成績也變好了。不過，媽媽有一門功課的成績很差，就是算術（數學）。媽媽最怕應用題，因爲應用題必須自己思考後計算出答案，雖然媽媽很會背東西，但不擅長自己思考、解決問題，所以理化和社會的自由研究也是媽媽的弱項。後來，媽媽覺得要學會解決這些問題很費時間，還不如把時間花在背其他的功課上更有效率。幸好，媽媽靠這種方法考進了高中和大學，長大成人，踏入社會工作後，媽媽才知道自己不擅長的「自行思考能力」多麼重要。具有「自行思考能力」的人，能夠從不同的方面觀察一件事物，也能夠以某件事爲基礎，在很多方面加以靈活應用（太厲害了！）即使失敗，也知道怎麼收拾殘局，面對逆境時也很堅強。柚莉亞，媽媽希望妳成爲具備「自行思考能力」的人。

知識有助於培養自行思考能力。如果一無所知，再怎麼絞盡腦汁思考，想出來的答案也會很膚淺，所以，必須多學習、多瞭解，記在腦子裡。上學讀書對增加知識有很大的幫助，也有助於提升記憶力。讀書的目的並不是把知識裝進腦袋而已，而是要運用這些知識，自己動腦筋思考。

並不是只有學校讀書有助於增長知識，和不同的人聊天、看書、看電視、聽音樂、看電影……都可以吸收各種不同的知識，只要有興趣，就可以多學多看。媽媽相信，妳的好奇心將成爲巨大的原動力。

學校・老師

柚莉亞，在妳未來漫長的小孩子時代，有很多時間，都會在學校度過。上學也是小孩子的「工作」，不要問「爲什麼？」不瞞妳說，媽媽小時候不太喜歡上學，想到每天都要早起，也要整天用功讀書，有時候就想要蹺課。蹺課日子，一開始很擔心被人識破，當其他同學開始上課時，媽媽就看一些平時無緣看到的談話性節目或是NHK的教育節目，雖然心裡有點過意不去，但仍然很開心可以充分享受自由。話說回來，早上的時候會覺得很開心，中午過後，就覺得無所事事，百無聊賴，到了傍晚，突然很想去學校了，連媽媽自己都覺得很不可思議。蹺課一天，上課的進度就會落後一天，會遇到自己不懂的部分，或是有點跟不上其他同學聊天的話題，感覺自己好像被排斥了。於是，有點後悔自己蹺課。

媽媽覺得，偶爾蹺課也沒什麼不好。當覺得去學校有點痛苦，或是心情不好時，蹺課可以調適一下心情。媽媽更擔心妳會有「無處可逃」的感覺。學校和家裡是小孩子的整個世界，一旦學校或是家裡發生什麼事，很可能會覺得整個世界都完蛋了。（也許就是因爲這個原因，有些孩子會走上自殺的絕路。）其實除了學校和家庭以外，世界還很大，未來還有很多事等待小孩子長大。面對瓶頸時，心情難以放鬆，因此很難換一個角度看問題，或是改用不同的方式思考，所以，不妨在走進死胡同之前，適時地放鬆一下。當然，自己必須爲蹺課的行爲負責，所以要想清楚後再做，因爲一旦錯過了重要的課，之後倒楣的還是自己。

柚莉亞，除了父母之外，學校的老師將會是妳經常接觸的大人。小孩子都是藉由和老師的接觸，逐漸學會和大人的相處方式。老師是大人，比小孩子的人生經驗更加豐富，知識也很豐富，都很有智慧。話說回來，雖然應該聽老師的話，但老師說的話並不是聖旨，並不是絕對正確，大人說的話並不是句句都是至理名言，只是很多大人並沒有發現這一點，還要求小孩子一定要聽大人的話，讓小孩子無所適從。遇到這種情況時，可以左耳進，右耳出。之後，一定要問爸爸（如果媽媽在的話就問媽媽）該怎麼辦。在妳有獨立思考能力之前，不妨參考爸爸、媽媽的意見後，再用妳自己的方式思考。

媽媽之前讀的學校都要求「不許犯錯」、「做錯事很丟臉」，所以，媽媽每次站在大家面前都很緊張，很擔心會犯錯。雖然小孩子都很擔心做不好被同學嘲笑，很擔心出糗，但不妨換一個角度思考，正因爲是小孩子，當然會犯錯，不妨用自己的糗事逗大家笑一笑，久而久之，或許就不會再怕出糗了。想要化解緊張的氣氛和緊張的心情時，笑聲和幽默可以成爲有力的武器。

錢

柚莉亞，妳現在還是小貝比，所以不必爲錢的事傷腦筋，等妳慢慢長大後，會拿到壓歲錢和零用錢。把錢存起來，以後看到自己想要的東西時，就可以用存的錢買。所以，拿到錢之後，不要馬上用光光，要培養存錢的習慣。

媽媽很會存錢，應該說，很喜歡看到存摺上的數字慢慢增加，只要一有錢，就拿去存起來，有一天，突然發現已經存了一小筆錢。只要感覺在玩遊戲，存錢並不難。

等妳長大以後，想要做什麼事時，首先要面對錢的問題。如果沒有錢，就什麼也做不成。在那個年紀，往往想要做一些父母不贊成的事，所以沒辦法向父母伸手，這種時候，自己的「私房錢」就可以派上用場。如果因爲沒有錢而不得不放棄自己想做的事太可惜了，存錢是爲了以備不時之需，這一點很重要。

媽媽很擔心爸爸。爸爸向來不存錢，也沒什麼金錢觀念……。不過，現在我們已經有了妳，以後也要請爸爸努力存錢。

前一陣子，媽媽從爸爸身上體會到一件重要的事。

媽媽很節儉，買東西的時候，即使必須忍受些許的不便，也會買便宜的。爸爸說，金錢是爲了豐富人生的工具，如果因爲想要存錢而買便宜的東西，讓每天的生活忍受這些不方便，根本是本末倒置。聽了爸爸這番話，我才恍然大悟，發現自己的確捨本逐末了，開始覺得日常使用的物品可以用奢侈一點的東西。

在金錢的問題上，必須特別注意用錢不節制和借貸這兩個問題。如果只用現金，當現金用完時，就無法繼續買東西，但信用卡可以預支還不屬於自己的錢，所以，在學會管理金錢之前，或是有正當職業之前，最好不要申請信用卡。

另外，金錢的借貸和還款也要特別注意。借錢給別人問題還不大，但借款沒有及時歸還，或是沒有及時付款，就會喪失信用。即使其他方面做得很好，一旦喪失信用，也會被認爲是不檢點的人。一旦喪失信用，最終受害的還是自己，因此，在日常生活中要特別注意。

打掃・整理

柚莉亞，媽媽希望妳成爲整理高手。

媽媽生病之後，無法把家裡整理得井然有序。媽媽對這件事眞的、眞的很懊惱。爸爸也不擅長打掃……。

整理的訣竅就是：

1養成整理的習慣。

2馬上整理，不要拖延。心動不如馬上行動，先整理完七成。

3不必追求百分之百，用不會造成自己痛苦的方法迅速整理。

4每樣東西都要有固定的地方（歸位的地方），用過之後，一定要物歸原位，不要隨便放。

5買東西之前，先想好放置的地方（歸位的地方），避免買回家無處放的情況發生。

6大膽地丟棄不需要的東西，下次需要時，再買就可以解決問題。大膽丟棄時，心情會很暢快！爸爸很捨不得丟東西，所以家裡的東西越來越多，最後甚至不知道放在哪裡了，好蠢喔（笑）。

說句老實話，其實媽媽也不擅長整理，但我掌握了訣竅隨時整理，很瞭解生活在乾淨整潔的房間多麼舒服。而且，只要實際整理之後，就發現其實並沒有很難。媽媽希望妳是一個愛乾淨的女生。

補充——養成早晨起床後整理床舖的習慣，整個房間看起來就乾淨多了。爸爸從來不整理床舖，可不可以請妳也幫忙爸爸整理一下？

女生

柚莉亞，妳是女生。任何人都無法選擇自己的性別，有時候可能會難以接受自己的性別。媽媽的媽媽（外婆）個性很豪邁，媽媽在小時候也不自覺地受到了外婆的影響，總覺得表現出「女人味」或是「女孩子的樣子」很丟臉，花了很長時間才終於接受。媽媽長大之後，有很長一段時間不敢穿裙子，整天穿長褲，直到二十五歲後，才終於接受自己是「女人」這件事，開始打扮、化妝、下廚……現在回想起來，覺得自己那時候很蠢。在做這些「女人事」時，我並沒有多想，結果發現原來這麼有趣，才終於瞭解「女人的樂趣」，所以，媽媽希望妳也能夠充分享受這種樂趣，更希望妳培養穿著打扮的品味。衣著品味在某種程度上是一種習慣，媽媽很希望能夠協助妳，很希望能夠每天幫妳綁不同的辮子，讓妳穿上各種不同的衣服。

媽媽很慶幸妳是女生，媽媽現在也覺得自己是女人是一件很棒的事，生活在這個世界上，女人似乎比較能夠活出自我。

柚莉亞，在妳未來的人生中，可能會面對必須和男人競爭的情況。競爭以公平為原則，不會因為妳是女生就比較佔便宜。而且，社會制度也的確存在著男女差別。

男人和女人原本就不一樣，不必為「差別」感到不滿或憤慨，不妨視為男女有別，心情會比較輕鬆。這個世界上有很多事是妳再怎麼掙扎都無法改變的，所以，不必為這種事煩惱。

爸爸經常說，遇到這種事，最好的方法就是不當一回事，視之為不足掛齒的小事，徹底加以「無視」，完全不去思考。不要覺得自己在「逃避」，而是要認為自己用「不去思考」的方法進行攻擊。媽媽以前曾經在某一本書上看到，法國人也用類似的方式思考。

女生長得漂亮的確很容易佔便宜，這是事實，利用這一點並沒有什麼不好，但如果過度，就會顯得很低俗，所以要運用得恰到好處。

另外，「親切」也很重要。無論女生長得再漂亮，如果整天板著一張臉，會讓別人難以接近，也會影響原本的魅力。所以，和別人相處時，要保持笑容，尤其和別人第一次見面時，更要提醒自己面帶微笑。心情不好或是難過的時候，不需要強顏歡笑，只要很自然地不時展露笑容就好。柚莉亞，妳只要稍微抬起眉毛，就可以露出可愛的笑容。

打扮

柚莉亞，媽媽希望妳可以充分享受打扮的樂趣，穿上漂亮衣服，變得好漂亮、好可愛。女生可以享受很多美好的樂趣，可以穿漂亮衣服、化妝、改變髮型，打扮樂趣無窮。

打扮的訣竅在於恰到好處，要瞭解凡事過猶不及。有時候會看到小女生穿著學生制服，臉上卻化著濃妝，那是錯誤的示範，三年後，她們一定會爲現在的自己感到丟臉。

衣服不必多，但要穿高品質的衣服＊（有時候也需要穿昂貴的衣服）。最重要的是，要穿昂貴的、品質好的鞋子。俗話說，看人先看腳，即使一身華服，如果腳上的鞋子很廉價，就會被人看輕。媽媽也會告訴爸爸，女孩子是很花錢的。

媽媽希望妳瞭解佩戴首飾的樂趣，媽媽有一些首飾，妳可以拿去用。媽媽以前很喜歡耳環，不會礙事，又可以襯托女人的優雅。媽媽很膽小，所以不敢穿耳洞，結果掉了好幾個很喜歡的耳環……。妳可以自己考慮後，決定要不要穿耳洞。爸爸可能會不同意，所以不必告訴他。

在打扮之前，要懂得保持清潔，想靠漂亮的衣服掩飾自己的不愛清潔是最糟糕的。早晨起床後，一定要刷牙，這不是只爲了保護牙齒，更爲了保持清新的口氣。刷牙時也要記得刷舌頭。由於自己不容易察覺嘴裡的味道，更要特別注意這個問題。晚上睡覺前要記得刷牙保護牙齒。

還要記得一件事，千萬不要在外面蹲在地上。比方說，媽媽不時看到有些歐巴桑在百貨公司或是飯店時，要翻找皮包裡的東西，就把皮包放在地上，自己蹲在皮包旁用兩隻手找，那是日本人特有的不良習慣，千萬不要學。

學校和大人經常告訴我們，不要以貌取人，但剛認識一個人時，只能以貌（外表）判斷，因爲光看外表，怎麼能夠瞭解那個人的內心呢？而且人也會僞裝，所以，只能藉由聊天試著瞭解對方。

妳要記住，別人也在充分觀察妳的外表。對方在短時間內會仔細觀察妳是怎樣一個人，是不是愛乾淨，是不是懂得打扮，是不是很容易交談。

所以，第一印象很重要。而且，第一印象會長時間留在記憶中，一旦給人留下不好的印象，往往需要很多時間才能改變原本的印象，會覺得很麻煩。雖然很多時候只是誤會而已。

第一次和別人見面時，一定要注意清潔，即使稍微破費一點（但不能超出自己的能力範圍），也要穿高品質的衣服*，盡可能保持笑容。見面時也不要悶不吭氣，盡可能主動找對方聊天，不管聊什麼話題都無妨。比方說自己的興趣愛好，最近買的東西，如果不知道聊什麼，不妨向對方發問。任何人都不會討厭別人關心自己。

*高品質的衣服：只要去歐洲就會發現，穿什麼衣服會受到什麼待遇。穿廉價的衣服，就會被當成窮人對待；相反的，穿昂貴的衣服，就會受到尊重。爸爸很不注重外表，所以不太瞭解這些情況……總之，只要瞭解其中的訣竅，就可以避免不愉快的經驗，媽媽希望妳記住。

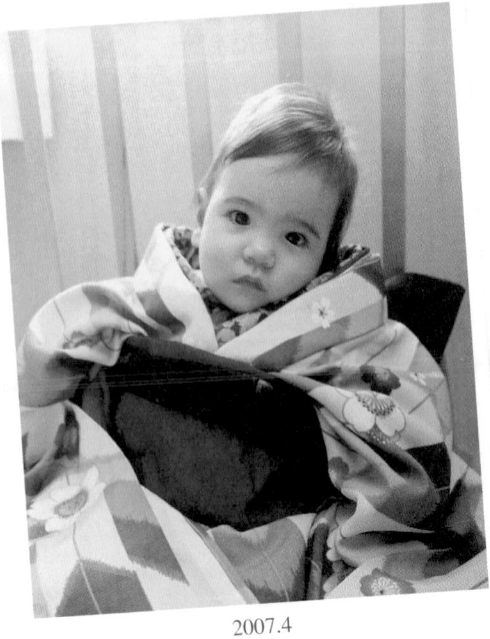

2007.4

減肥‧飲食

減肥……媽媽眞的、眞的、眞的深受減肥之苦。原來控制自己的食慾這麼不容易!!有時候爲了打發無聊，有時候爲了消除壓力，我們經常因爲某種理由開懷大吃……。一旦養成這種習慣就很難改正，所以，絕對不能養成吃不停的習慣。爸爸對食物不太挑剔，食慾也很正常，如果妳飲食習慣不好，爸爸應該會罵妳，妳要聽爸爸的話，因爲爸爸之前也糾正過媽媽的不良飲食習慣。不過，之前媽媽在辛苦減肥時，爸爸居然在旁邊滿不在乎地吃他最喜歡的巧克力，完全不顧旁人的感受。這種時候，妳可以直接向爸爸抱怨。

除了不要養成整天吃不停的習慣以外，在吃東西之前，花一點時間做準備，也是避免飲食過量的好方法。

比方說，在吃餅乾時，不要從餅乾盒裡拿一大把出來，而是把餅乾裝在盤子裡，泡杯茶後再吃。這樣就可以很自然地避免吃太多，而且也會吃得很滿足。

柚莉亞，希望妳瞭解，有時候吃東西的行爲很丟臉，所以，並不是隨時隨地可以吃東西。吃東西時，一定要坐在椅子上，規規矩矩地吃。絕對不要學外婆他們站著拿東西吃的不良習慣！年輕的時候，「邊走邊吃」很可愛，但不能整天都邊走邊吃。

總之，爲吃而吃很低級，因爲我們是人，不是貓狗。不要執著於吃的行爲，而是要享受用餐的快樂。

生理・身體的變化

雖然小孩子期間很漫長，但到了某個階段，身體會突然發生變化。個子會一下子長高，女生的胸部也會慢慢隆起。

或許妳會很驚慌，或是覺得難爲情，甚至感到心情惡劣，但其實這沒什麼好害羞的，也不是什麼壞事。小孩子期間，有時候會發生這種身體和心理不協調的情況，妳可能會感到煩惱，但即使妳再著急，也無法改變任何事，不妨聽任身體的變化。

媽媽的初潮是在中學一年級還是二年級的時候出現，並不算來得早。每個月都會生理痛，完全離不開止痛藥，覺得很麻煩。

不久之後，原本平平的肚子越來越多肉，當媽媽回過神時，發現已經變成了「小腹婆」，媽媽好傷心。雖然一方面是因爲參加社團活動，食慾突然增加的關係，但我現在仍然很後悔，早知道那時候不應該那麼貪吃。

當身體漸漸變成有女人味的時期最容易發胖，柚莉亞，妳要特別小心。

女人的身體有循環的周期。每次生理期結束，媽媽就覺得整個人都神清氣爽，便秘改善了，體重也一下子減少了一、兩公斤。而且，心情也會受到這個周期的影響。月經剛來時，這種周期還不規則，心情也容易起伏不定。

在這個時期，應該會很在意體毛變濃密的問題。除毛的問題還是交給專家吧，這是媽媽的經驗之談。媽媽會叮嚀尙子阿姨*，當妳有這方面的煩惱時，記得找尙子阿姨，絕對不要自己除毛，否則會留下痕跡。一開始就要交給專家處理。

*尚子阿姨。媽媽的妹妹。

戀愛

怦然心動的戀愛很美好。

在瞭解對方的心意之前，整天都提心吊膽，心神不寧，對方的一舉手、一投足都會讓人的心情跟著一喜一憂（笑）。學生時代有很多時間，也有很多對象，可以談很多戀愛，和同學一起分享戀愛的點滴也很有趣。談戀愛時，上學也變成一件快樂的事。

再長大一點之後，就要展開一場尋找人生伴侶的漫長戀愛旅程。為了更深入瞭解對方，你們會開始交往。這時候的戀愛和以前那種只要不喜歡，馬上就分手的戀愛方式不同，可以花更長的時間觀察對方，也比較能夠容忍對方的缺點和不夠完美的地方，也願意表現出自己的缺點、不足和弱點，在對方的包容下，彼此的感情越來越深。俗話說得好，戀愛時是墜入情網，但相愛的感情需要培養。在戀愛的過程中，逐漸瞭解和別人相互瞭解是多麼困難的事。因為對方是活生生的人，所以模仿電視上的戀愛劇或少女漫畫也沒有用。瞭解他人、共同生活不是一件容易的事，媽媽要教妳一些訣竅。

雖然這麼說聽起來有點令人難過，但情人畢竟是他人，和自己屬於不同的個體，所以根本不可能完全瞭解對方。況且，瞭解自己就是一件困難的事……。在交往到某種程度，有相當的瞭解後，經常會覺得和對方心有靈犀，但只要在交往之前就知道瞭解一個人不容易，在遇到問題時，就不會因爲對方「爲什麼連這個都不知道？」感到生氣。心有靈犀固然很厲害，但不能因爲彼此無法心有靈犀就生氣。因爲情人畢竟是不同的個體，在生氣之前，要盡可能多溝通。

同時，不要忘記「即使再親密，也要注意應有的禮節」。和情人之間的關係比和家人更加親密，但越是親密，越會覺得對方就是自己的一部分，甚至覺得對方屬於自己，忘記尊重對方，也就是不把對方放在眼裡。所以，會肆無忌憚地在對方面前放屁、挖鼻屎，正因爲是輕鬆愉快相處的親密關係，才會做這種事，但這也代表已經不把對方放在眼裡。建立親密關係固然是好事，但絕對不能隨便。只要記住這一點，即使交往很久，雙方仍然能夠保持新鮮感。

最後的訣竅，就是要有秘密。當然不可以有可能會導致分手的大秘密，但不妨擁有屬於自己的小秘密，任何事都無妨。當知道對方有秘密時，可以產生良性的緊張，有助於避免雙方的關係變得隨便。這比較適合用在結婚後的關係上，如果只是男女朋友，知道對方有秘密，反而可能影響戀愛關係。

每個女生都希望有朝一日可以和喜歡的人結婚。當交往時間越長，結婚的時機就成爲一個問題。如果雙方都有工作，在一起生活了很久，即使結婚也不會有太大的改變，就會覺得什麼時候結都沒有關係，結果就越拖越久。爸爸和媽媽也是這樣，對男人來說，結婚會增加很多責任，往往能拖就拖。媽媽不希望因爲有了孩子才結婚，之前就下定決心，絕對不要先有後婚。因爲必須讓對家庭負起責任的人自己做出決定，被情勢所逼而不得不結婚太窩囊了。而且，媽媽覺得先有後婚對小孩子也不公平。在期待下出生的孩子，和在父母還沒有準備好的情況下出生的孩子不一樣，父母的熱忱和對待孩子的態度也會不一樣（尤其是父親），這一切都是父母的自私造成的，對小孩子來說，是很大的困擾。柚莉亞，要記住，絕對不能先有後婚。

2005年4月歐洲旅行

做愛

媽媽先把話說在前面，做愛並不是壞事。

做愛的時候，會相互撫摸、親吻對方尿尿和便便的地方，第一次可能會嚇到，也會覺得很害臊，但只要在做愛之前沖澡洗乾淨就好，不必想太多。

讓心愛的人觸摸自己的身體，自己陶醉在這種肌膚之親中，是一件很美好的事。於是，或許也會希望心愛的人感到舒服。媽媽有時候也會爲爸爸服務，但爸爸知道媽媽喜歡被別人服務，所以不會主動提出要求。

做愛時，可以充分瞭解對方到底多愛自己。對方擁抱的方式、摟自己入懷的方式、接吻的方式和肢體接觸的方式，以及是否關心自己的感受。對女孩子來說，瞭解這些問題或許比做愛的快感更重要。因此，遇到喜歡的人，想要更進一步瞭解對方，想要瞭解對方對自己的態度、到底多愛自己，或許可以藉由做愛瞭解。

但是，必須注意幾件事。

首先是避孕。因爲做愛會懷孕，所以，一定要隨身攜帶保險套，請對方使用保險套。如果不放心時，也可以爲對方戴上，絕對不能交由對方處理，或是半推半就。這是享受性愛的原則，而且，也有助於預防感染性病。

有些男人追女生只是爲了上床，對他們來說，那只是遊戲而已。遇到這種人，一旦上了床，就會被他拋棄，可能會因此難過或是受到傷害。不過，這也是經驗，因爲下一次就會變聰明，不會再上這種男人的當，逐漸成長。況且，在享受性愛的當下，兩個人的確都很快樂，並不完全都是壞事。不妨這樣想，熬過那段痛苦！

日本的女生經常會和對方發生了一次關係後，就覺得自己是對方的女朋友，覺得好像已經跟對方「定下來了」，但事實並不是這麼一回事。做愛只是一種溝通方式，就好像兩個人很親密地握手。所以，不要因爲發生了關係，就抱有某種期待（這種抱有期待的心情並非無法理解，但一定要忍住），更要珍惜兩個人一起享受性愛的時間。

什麼時候可以開始做愛也是一大煩惱。

一般認爲，女生在十七、八歲後，身體（性器官）才會成熟，才能夠做愛。在此之前，就會有生理期。通常會以爲初潮之後，就可以做愛了，但妳要記住，初潮之後，身體需要一段時間，才能逐漸調整，做好準備。況且，即使太早做愛，也只會感覺疼痛，無法樂在其中，只會對年輕的身體造成傷害，並沒有太大的意義。不需要和朋友比賽誰更早有性經驗，玩這種無聊的遊戲，應該珍惜自己的身體，在遇見眞正值得的對象之前，不必著急，多談幾場戀愛吧。

剛開始做愛會有點痛，但之後就會慢慢感覺舒服……。即使不做愛，也可以接吻、擁抱、撫摸（或許稱爲前戲），還有自慰（這並不是壞事），有很多種享受樂趣的方法。

媽媽希望妳記住，只有自己才能夠眞正保護自己的身體，所以，媽媽希望妳珍惜自己。墜入情網時，想要爲對方付出的心情會很強烈，要控制這種心情眞的、眞的很難。媽媽也曾經經歷過，所以十分瞭解，總覺得身體內有一個難以對付的魔鬼冒出來，想要控制這種魔鬼，眞的不是一件容易的事。當然，這也是戀愛的有趣之處。根據媽媽的經驗，不要憑衝動行事，盡可能控制自己，最後往往會導向良好的結果。

當魔鬼的風暴消失後，心情也會漸漸平靜下來，最重要的是，能夠克制自我令人滿足，覺得自己成長了一大步，可以稱讚自己：「我眞了不起！」同時，也會產生自信，即使下次遇到相同的情況，也可以輕鬆應付。

音樂、書、電影

柚莉亞，在未來漫長的人生中，音樂將會是妳的好朋友。妳現在就很喜歡唱歌，經常一個人唱歌（不知道是什麼歌），媽媽相信妳一定會喜歡音樂，妳可以聽媽媽的CD和iPod。爸爸很會彈鋼琴，他有電子琴，可以請爸爸彈給妳聽，或是教妳怎麼彈。媽媽有一把低音吉他，但很重……，壁櫥裡還有一把小型電子吉他，如果妳喜歡，就拿去用吧。

在多愁善感的青春期，音樂可以帶來很大的幫助，令人產生勇氣，給人帶來安慰，也可以把喜歡的音樂人說過的話，或是生活方式作為人生的榜樣。音樂是媽媽青春期的老師。

同樣的，藉由書和電影也可以見識到不同的世界，甚至可以學到不少知識。媽媽不擅長看書，二十歲以後，才瞭解閱讀的樂趣。之前都是看漫畫（在小學之後，就不再看少女漫畫。有一天，看到少女漫畫中說的話和媽媽平時說的話一樣，渾身都起了雞皮疙瘩），或是為了虛榮，挑選一些會讓別人肅然起敬的書，但其實媽媽根本看不懂內容。

在爲了自己的興趣而看書後，就覺得書也是好朋友。

媽媽和爸爸都很愛看電影，在家的時候，每天都看電影，所以，妳可能會很自然地喜歡看電影。媽媽和爸爸看的幾乎都是英文電影，沒有字幕，或許可以培養妳的英文能力，因爲媽媽藉由看電影，英語能力有了很大的進步。

媽媽讀大學時看了很多電影，娛樂片、經典電影、藝術作品和歐洲的電影，當時看得很認眞，還寫了感想。久而久之，對電影有了自己的看法，雖然能夠表達的意見還很膚淺，但很慶幸可以表達自己的看法。

柚莉亞，媽媽覺得妳很厲害，因爲妳有專屬於妳的書（這本書！）。妳不覺得有屬於自己的書很厲害嗎？如果妳也爲此感到高興，媽媽實在太幸福了。

1996年，媽媽24歲時

Part 002

寫給柚莉亞：
媽媽的疾病奮鬥記❶

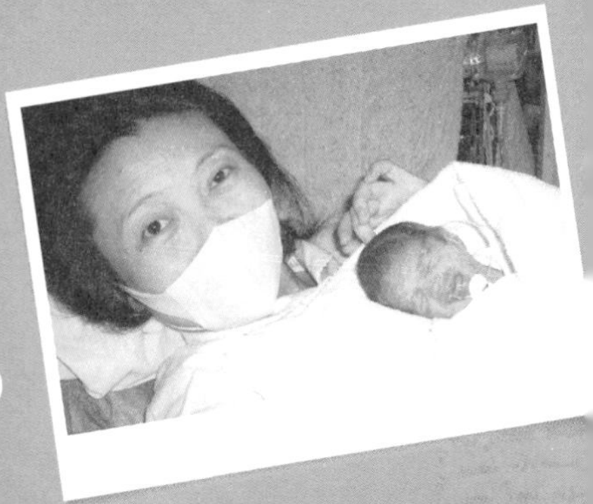

雖然媽媽生病了，奇怪的是，
妳在媽媽身體內完全沒有受到影響，
健健康康地長大，
所以覺得如果不讓妳來到這個世界就太可惜了……

媽媽一九七二年二月六日（柚莉亞，和妳的生日同一天！）出生在佐賀縣的唐津，也在那裡長大。上大學後，去了佐賀旁的福岡市，交了很多朋友，每天忙於工作和玩樂。

然後，媽媽認識了爸爸，在二〇〇二年四月一日（愚人節）和爸爸結婚。我們一起住在福岡縣的小郡市。

媽媽從二〇〇五年秋天開始生病。那年夏天，媽媽才懷了妳，所以，發現時，妳還在媽媽的肚子裡。那一陣子出現了孕吐，胸口很不舒服，身體狀況一直不太理想，十月之後，腰突然很痛，好像二十四小時都有針在刺，晚上也痛得無法入睡，無論去哪家醫院，醫生都說「妳是孕婦」，既不爲我做檢查，也不做任何治療，只說「等妳生完孩子再治療」，但也不能吃很多止痛藥，每天都忍耐得很辛苦。

雖然身體狀況不佳，媽媽仍然喜歡帶小權（狗）散步，每天早、晚都會去，在散步時都會想像等妳出生之後，要怎麼同時帶小貝比和狗一起散步。媽媽現在坐輪椅，所以這個夢想無法實現，眞的很遺憾。

進入十二月後，疼痛已經無法忍耐，而且腿開始發麻，排尿困難，走路都開始有問題。媽媽覺得無法繼續忍耐下去了，立刻去了急救醫院，醫生說脊髓出現了腫瘤，要馬上動手術切除，媽媽嚇壞了!!

醫生說要在懷著妳的情況下動手術，媽媽眞的、眞的嚇壞了。因爲手術時，肚子裡的小貝比也會全身麻醉，所以手術後，可能會發生小貝比無法醒來的情況，媽媽和爸爸都很擔心。

媽媽動手術時，爸爸因爲太擔心了，甚至無法在醫院陪媽媽。所以，手術完成後，得知妳也一切平安，媽媽眞的很高興。

手術後才知道，媽媽得了一種很難治療的癌症*。五年的存活機率是百分之四十。

因爲在懷胎狀態下不能接受癌症治療，如果以媽媽的治療爲優先，就必須讓妳早產（那時候，妳已經長很大了，超過了可以墮胎的週數），這代表妳無法像普通的小貝比一樣出生的可能性相當高。以自己的生命爲優先？或是要保護還是小貝比的妳？好難抉擇喔。媽媽和爸爸、外婆、尙子、小惠*一起討論了很久。

然後，媽媽向爸爸保證。

一定會帶給他一個健康的小貝比。

媽媽問爸爸：「Do you really want this baby?」爸爸哭著說：「Yes，對不起，I want both.（柚莉亞和媽媽都要）」這是媽媽第一次看到爸爸流眼淚。

雖然媽媽生病了，奇怪的是，妳在媽媽身體內完全沒有受到影響，健健康康地長大，所以覺得如果不讓妳來到這個世界就太可惜了。

媽媽在二〇〇五年十二月十八日動了手術。

聖誕節都是在醫院度過，因爲新年過後要轉去其他醫院，所以就央求醫生讓媽媽提早出院，新年要在家裡過。

媽媽在二〇〇五年十二月三十日出院了。

那時候，媽媽還可以走路，是自己走回家的喔！

挑選醫院、挑選主治醫生，決定在哪家醫院、由哪位醫生動手術眞的很重要。

媽媽在急救醫院時，沒有掌握足夠的資訊，只因爲情況緊急就匆忙動了手術，現在眞的感到很後悔。

因爲每個人只有一個身體。

最後只有自己能夠保護自己的身體，雖然說起來很難過，但別人沒辦法保護，只有靠自己。

回到久違的家中實在太高興了。雖然身體不是很舒服，但回家太高興了，把這些不舒服都拋在了腦後。沒想到新年後，右腿和腰部的疼痛越來越嚴重，連吃飯、活動都很痛苦。

一月二日，右腳開始無法活動，媽媽很擔心，打電話到醫院，找不到醫生，腳越來越不能動，又很痛。媽媽實在不知道該怎麼辦。

一月五日，去醫院時，整條右腿幾乎都無法動彈了，做了核磁共振後，發現原本的位置再度出現了和原本相同大小的腫瘤。不是才剛動手術摘除嗎！沒想到短短兩個星期就打回原形了，媽媽的身體到底怎麼了？醫生又說，要懷著妳再度動手術，媽媽嚇了一大跳，但還是決定一月六日，在醫院動手術。

手術後，媽媽的右腳麻痺。醫生在手術前明明告訴媽媽，手術後，麻痺的情況就會改善！媽媽知道醫生已經百分之百地盡力動這個高難度的手術，但是，病人必須帶著麻痺的身體繼續過日子。

這些醫療措施眞的有必要嗎？我的身體眞的需要受這樣的折磨嗎？媽媽忍不住思考這些問題。

考慮病人的存活時間和生活品質，設法和疾病共處也很重要。所以，媽媽很希望可以由病人自己做決定。

即使情況緊急，也要盡可能蒐集各方面的資訊，愼重決定是否要動手術。尤其面對像媽媽這種神經系統的疾病時，更要格外謹愼。

手術之後到生妳之間的一個月，是媽媽這輩子最痛苦、最辛苦的一個月。最折磨媽媽的是疼痛（這種疼痛持續到現在……），以及隨時可能復發的恐懼。或許是因爲精神壓力太大了，差一點引起迫切性早產。

柚莉亞，爲了避免讓妳一出生就有健康問題，爲了能夠生下健康的妳，必須讓妳盡可能長時間留在媽媽肚子裡。

但是，當妳在媽媽肚子裡時，媽媽就無法治療疾病。媽媽既擔心妳，又擔心自己的身體，每天都很痛苦、很掙扎，但還是努力撐了幾週，在妳的週數比較理想時，選在媽媽生日那一天，在二月六日剖腹產生下了妳。

生下妳之後，媽媽立刻接受了放射線治療。

媽媽每天都爲妳擠奶，也努力復健，希望可以坐在輪椅上照顧妳。三月做核磁共振檢查時，出現了令人沮喪的結果。原本是爲了檢查病情有沒有復發，沒想到發現的不是腫瘤，而是手術時使用的止血劑*，在一月動手術時，醫生把止血劑忘在脊髓裡。院方說，只要媽媽同意，他們會動手術把止血劑取出，也由醫院方面負擔相關費用，並說手術或許可以改善疼痛，卻無法消除麻痺。媽媽得知這件事後很受打擊，但因爲無法再承受手術的影響，所以決定作罷。

之後，媽媽每天努力復健了一個月，四月的時候，肚子和胸口都出現了麻痺和疼痛現象，而且雙腿很快無法用力。媽媽趕緊去做了核磁共振，發現脊髓上方（差不多胸口的高度），出現了新的大腫瘤。當時，媽媽很期待和妳一起回家，得知這個消息時，覺得眼前一片漆黑。那時候，妳住在和媽媽同一家醫院的新生兒中心，之後的成長也很順利，下個月就可以出院了。

四月二十四日，媽媽接受了第三次手術。

接受放射線治療後一個月又再度復發，這件事令媽媽感到愕然。媽媽的身體不可能一次又一次動手術，所以，還是必須使用抗癌劑治療。

六月，媽媽從整形外科轉到了腦外科接受抗癌劑的治療。到二〇〇七年一月爲止，媽媽數度住院、出院，接受抗癌劑的治療。

＊很難治療的癌症：雖然查明脊髓的腫瘤是惡性，但由於之前沒有相關病例，所以無法診斷出最終的病例，直到二〇〇七年六月，才終於診斷爲「骨髓惡性腫瘤」。

＊小惠：媽媽的朋友。

＊止血劑：一公分左右的海綿狀，手術時使用。

Part 003

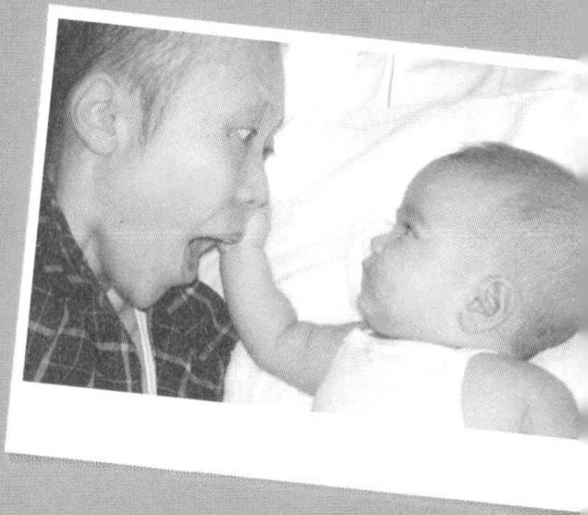

寫給柚莉亞：

媽媽的疾病奮鬥記❷

媽媽哭了。

真的很痛苦。今天哭了好幾次，現在仍然在哭。

今天醫生告訴了媽媽病情，媽媽的情況很不樂觀。

媽媽生了妳，生下妳這麼可愛的小貝比，

小貝比絕對、絕對需要媽媽的陪伴，

媽媽希望陪在妳身邊，教妳很多事，和妳說很多話……。

但，媽媽可能沒辦法陪妳一起長大了……

摘自媽媽的記事本

12月17日（二〇〇五年）

今天住院。

昨晚很痛苦，從三點到六點，痛得呻吟不斷，不停打滾。

很想放棄。

早上起床後，請雷尼帶我去醫院。

現在腰上綁著「拉扯機」仰躺在床上動彈不得，由於壓在身體下方，屁股很痛，腰不再痙攣疼痛，但膝蓋以下都發麻，隱隱作痛。

現在是下午三點，外面下著雪。距離雷尼七點來醫院還很久，黑子（小貝比）在肚子裡動得很活潑。

晚上九點。醫生說，十二週以後的孕婦也可以做核磁共振，所以馬上決定今晚就做檢查。檢查之後，發現不是疝氣，而是脊髓有腫瘤，立刻決定第二天早晨動手術，而且要帶著黑子一起動手術。我完全沒有料到這種情況，連話都說不出來，但已經沒有選擇了，而且醫生說越快越好……。無論如何，都不希望繼續麻痺，真希望可以改善。

如果黑子可以克服這個關卡，就是很了不起的女孩。

雷尼對我很好，太感謝了。

晚上聽說明、檢查的準備和照X光，一直忙到半夜兩點。腰再度痛了起來，只能使用塞劑。

凌晨四點左右，左腳開始發熱，可以用力了。現在已經快清晨七點了，今天也一整晚都沒睡。

12月18日（手術當天）

昨天整晚都沒有睡，早上八點左右，婦產科的醫生來做超音波。黑子很健康，我對黑子說：「希望妳可以度過這次難關。」之後，助產護士來拆心電圖機，親切地對我說：「小貝比很健康！妳要加油。」麻醉科的醫生向我說明了麻醉的事、手術和症狀等整體的情況，還說可以消除疼痛，令我燃起了希望。

去手術室時，媽媽和道代阿姨也來了，淚眼婆娑的。我和雷尼握著手，匆匆前往手術室，手術室裡有很多學生、護士和工作人員。我自行走去準備台，戴上了氧氣面罩，之後就什麼都不知道了。當因為腳麻和喉嚨痛醒來時，發現自己躺在同一張準備台上，手術已經結束了。

喉嚨的管子很痛，脖子陣陣刺痛，背很痛，好痛!!我立刻試著活動腳尖，可以動了。從準備台移回病床時太用力了，左大腿抽筋了。出了手術室，看到雷尼、媽媽、妹妹和其他人，進加護病房後，因為實在太痛了，所以不想換衣服，一直叫「好痛、好痛」。婦產科的醫生來做超音波，小貝比很健康！在做心電圖時，助產護士一直握著我的手。身體很痛，我試著睡覺，但擦身體時的疼痛讓我醒了過來。右腳的溫熱感顛倒，上下感覺都亂了。肌肉好像完全揪起般疼痛，痛苦不已。我要求使用止痛藥，吃了安眠藥，打了針之後，終於睡著了。醒來時，以為已經是早上，沒想到還是半夜十二點，不禁愕然。在服用下一次止痛藥之前拚命忍耐，然後靠強效安眠藥和注射再度睡著了。睡到早上六點才醒！

好久沒有睡一個安穩覺，太高興了！

有痰，有點難受。

早上。早餐送來了。我可以喝水，可以喝牛奶，太高興了。我把粥全吃完了！換了尿布後，醫生來向我說明手術的情況。腫瘤在硬膜內，已經沾黏在一起，目前正在檢查腫瘤的性質（良性、惡性），一個星期後報告會出爐。聽到即使一切順利，也需要治療兩、三個月，情緒很低落。

今天轉往一般病房，沒想到這麼快就回來了。膝蓋以下又痛又麻。

下午，媽媽來探視我。漫長的下午，我都忍著疼痛。三點多開始發燒，渾身很不舒服。媽媽告訴我，不必為錢的事擔心，我很感激，也很高興。我聽了媽媽的建議，轉去個人病房。

六點左右，小惠來看我。昨天我在加護病房時，她也來看我。她似乎對沒能常常來陪我感到過意不去，反而讓我覺得很不好意思。

不一會兒，雷尼來了。雷尼出現總是令我高興。他為我疼痛的腳按摩，我和他聊天、撒嬌。早上聽到醫生說明病情時有點沮喪，但現在心情好多了。雷尼回家後，再度獨自面對漫漫長夜。因為發燒，呼吸困難，腳又痛，翻來覆去睡不著，只好按護士鈴。負責的護士真的對我很好，穿上醫療用長襪後感覺舒服多了，但解熱鎮痛劑「Calonal」和安眠藥都沒有用，注射止痛針後，終於從三點睡到七點。

12月21日

我朝右側側躺，睡到三點，躺了一下後，起來洗臉、吃早餐。因為肚子很餓，所以吃了很多。擦完身體，換了衣服，問護士為什麼膀胱感覺很脹，護士說，這代表膀胱的感覺恢復了。我的身體狀況好轉！我高興得忍不住流淚。希望腫瘤的檢查結果是良性的。吃午飯時，向護士吐露了內心的不安，心情稍微輕鬆了。我又哭了。三點左右，耳鼻喉科的醫生來檢查了我左側淋巴。沒有問題。因為有流鼻水和咳嗽，所以可能感冒了。我向媽媽訴苦，說自己整天都往壞的方面想。我今天的情況似乎比昨天好很多，媽媽也稍微放心了。五點時有了便意，躺在床上挑戰排在尿布上。排出三顆，其中兩顆交給護士。用力時，左側腰部很痛，差一點抽筋，無法順利用力。排便之後，渾身舒暢，食慾也變得很好，晚餐吃了不少。雷尼七點左右來看我，和他討論了萬一腫瘤是惡性，可能會有怎樣的結果，以及腫瘤是良性的情況，思緒稍微整理後，心情也平靜下來。九點左右，再度有了便意，這次排出不少，真的太舒服了!!我漸漸產生了自信，今天醫生來看我

（好像是護士向醫生打過招呼了），說明天拆除背上的管子，明天開始進行膀胱訓練。

晚上十一點，黑子動得很厲害。

12月23日

雖然腰仍然疼痛，但昨天睡得不錯，今天身體比較輕鬆。已經可以自己翻身了，所以可以改變姿勢。

上午，醫生來了。明天檢查報告就會出爐了。希望是一個美好的聖誕夜！排便順利。午餐吃了不少，也不會覺得不舒服。一點半左右，拆除了導尿管。今天完全不痛，終於有餘力看住院相關的資料、手術同意書。把眼前的事整理出一個頭緒。小惠和媽媽來看我。

雖然排了三、四次便，但無法排尿。令人著急，也令人沮喪。

傍晚時，腹部出現了蕁麻疹。

晚上雷尼來看我時，我的情緒終於爆發了。我受不了，好害怕、好害怕，忍不住哭了。

雷尼一直陪我到睡覺的時間。半夜一點半，因為腳麻醒了。之後又昏昏沉沉……。我試著排尿，但排不出來，只能用導尿管。

12月27日（開始復健、宣佈癌症）

早晨七點半去了廁所。排便。用導尿管排了一百CC左右，不像昨天那樣有強烈的殘尿感，覺得「終於尿完了」。腰腿一直疼痛，躺回床上後，稍微輕鬆了。

十點半左右，復健的醫生來了。十一點左右，泌尿科的醫生現身，說因為我懷孕的關係，所以感覺尿不乾淨並不是太大的問題。十一點半左右，在廁所排便。排出來了。復健時走了三次，體重是五十三公斤。

一點左右，媽媽來醫院。雷尼三點左右到。醫生說，**腫瘤是惡性的**。醫生說了很多，但我腦筋一片混亂。雷尼真的很辛苦，但我所剩的時間不多了（只能活五年！）。用抗癌劑治療好可怕。今天吃了安眠藥。

12月28日

右手大拇指麻麻的。早晨七點上廁所。十點半左右去產科照超音波，小貝比很健康。之後做了內診，產科的醫生向我說明了分娩時期和風險的問題。二十四週分娩可能有點危險，也許該撐到二十六週。我能不能撐到那時候？必須和大學醫院的醫生商量，我提出希望在年底前轉院，新年過後，就可以去新的醫院。這些都必須和主治醫生商量後才能決定。兩點之後做了第二次復健，學習了走路的訣竅、肌肉用力的訣竅，也學會了如何掌握平衡。

因為腰痛已經消失，所以復健很方便，也很慶幸是一位女醫生。今天心情很好。雷尼三點半左右來醫院，打電話給神戶的維拉。

我把婦產科醫生告訴我的話轉述給雷尼聽，並向他確認，是否真的想要小貝比。他哭著說：「Yes，對不起，我兩個都想要。」聽到他的回答，我也哭了，但我決心留給他一個健康的小貝比。五點左右，醫生來拆背後的線。之後，雷尼向醫生請教了病理結果，從病歷到核磁共振的結果都問得很詳細，並安排了明天向負責病理的醫生瞭解情況。

雷尼做了很多調查，他和人在俄羅斯的拉莉莎（雷尼的妹妹）、朋友聯絡，蒐集了各種資訊，我覺得他很值得依靠。很慶幸今天和醫生談話。我打電話給媽媽，媽媽也向很多人打聽了情況，雖然她在電話中哭了，但對我說：「妳要加油。」

我把超音波的照片給雷尼看，說：「小貝比的鼻子很高，很像你」，結果他哭了。雷尼的壓力很大，希望拉莉莎能夠來日本陪陪他。今天晚上，我的心情很輕鬆。

12月30日（出院）

雖然時睡時醒，但還是多少睡著了，而且沒有吃藥。吃完早餐後，獨自去盥洗室刷牙。和幾位護士聊天時眼淚流不停。復健的醫生對我說，絕對不要壓抑自己，一旦去了大醫院，如果什麼都不說，就會遭到忽視。雷尼和媽媽為了買床，忙了一整天，下午五點半才來接我。雷尼去找醫生，學習按摩的方法。醫生沒有下班，在等雷尼。我們坐車回家，坐車時不像以前那麼不舒服。能夠正常生活太開心了。回家後吃了飯，臉上自然漾起了笑容。吃蛋糕時聊了很久，半夜四點左右痛醒了，但之後又睡著了。回家和雷尼、小權在一起很開心。

1月1日（二〇〇六年）

九點左右起床吃早餐，右小腿外側和右側臀部疼痛不已。

十二點左右，把雷尼叫醒，為我做伸展和按摩，稍微緩和了疼痛，但按摩停止後，又開始疼痛。疼痛的時候，感覺時間過得很慢、很痛苦，但我所剩的時間已經不多，所以覺得時間長是好事，然而，疼痛真的是一件難熬的事。怎麼辦呢？要不要吃止痛藥？

兩點左右，媽媽他們（妹妹、妹婿和小孩子）帶來了年菜，因為我才剛吃完午飯，所以我只吃了麻糬。小惠也來了，帶來了年菜和蛋糕。吃蛋糕時，止痛藥的藥效過了，很痛。傍晚的時候，坐輪椅帶小權散步。沒辦法。沒想到以前很輕鬆走的路，坐在輪椅上卻很難走，如果以後都要靠輪椅，恐怕會受到很大影響。心情超難過。

晚上，腰腿很痛，渾身不舒服。

1月4日

靠右側躺，睡覺的時候，一直想著突然無法動彈的右腿不知道以後還能不能動。十點半左右下床去了廁所。因為有便意，所以馬上起床了，但還是有點來不及。很受打擊！

十一點左右，產科的醫生打電話來，說要持續觀察。因為不知道什麼時候會突然發生緊急狀況，所以很不安。醫生又打電話來，叫我好好休息，我問了他明天去醫院的事。

上廁所很辛苦。因為我無法自行站立，所以移動很困難。坐輪椅也一樣。

1月5日

十點多起床，上了廁所。順利排了出來。吃飯後又去廁所，這次不太順暢。去產科拿了介紹信，在那裡休息到兩點，坐在輪椅上有點不舒服。坐上輪椅和下輪椅時很辛苦，但躺下來就舒服多了。下午三點時去醫院，醫生說，病理診斷還沒有出來，可能還需要一段時間，先把小貝比生下來再說。但麻痺的情況越來越嚴重，有點傷腦筋。醫生說要和雷尼談一談，就走出去了。

下午五點回到產科做核磁共振，沒想到腫瘤又出現了，和上次的差不多大，出現的位置比上次稍微高一點。居然這麼快就復發了，明天要在醫院再動一次手術。今晚就住在PPC（Progressive Patient Care）。聽到了小貝比的心跳聲。她很健康！左腿膝蓋無法用力，我也無法站起來。

1月6日

在醫院動手術。

早上七點半左右起床，去廁所導尿後，使用了塞劑，準備出發去醫院，五點開始動手術。結束後，十一點回到病房。痛死我了。腰腿很痛，肚子緊繃，硬梆梆的。注射了改善腹部緊繃的點滴，心跳加速，整個人都很不舒服，完全無法入睡。我想放棄了。腳麻了，腰也麻了。

1月7日

白天注射了鹽酸噴他佐辛（Pentazocine hydrochloride），昏昏沉沉地睡了不少，身體感覺輕鬆多了。晚上無法注射，痛得快要死了。睡不著。半夜，產科的醫生來做超音波，出現了早產的跡象。開始注射點滴。八點去廁所導尿兩百五十CC。

1月11日

做了一個噩夢，醒來之後，仍然很不舒服。沒有發燒，脈搏很正常，也已經適應目前的情況，身體狀況不錯，但因為不安，感覺很不舒服。左腰（臀部）也開始出現了疼痛。早餐後，試著坐了起來，不會太不舒服。白天時沒有使用止痛藥，靠活動身體、動動腿緩和疼痛。醫生向我說明了手術的情況，腳尖有可能在兩週內踩地。醫生說：「因為這次動手術時，我就下定決心，一定要保住小貝比。」聽到這番話，我覺得是一位可信的醫生。在兩週後報告出爐前，我沒辦法做任何事，只要做力所能及的事（活動雙腿）就好。這麼一想，就覺得輕鬆多了。

晚上，決定兩週後的二十五日，和整形外科、產科、周產期科的醫生討論今後的方針，並決定在近期做電腦斷層檢查。

雷尼考慮到對小貝比的影響，無法同意在離剖腹產只有幾天的時候做電腦斷層，我聽了很驚訝。

我認為要先向婦產科的醫生和周產期科的醫生瞭解情況（從至今為止的經驗，目前的週數有沒有問題，以及電腦斷層可能會造成的影響），才能決定是否要做電腦斷層。我的腦筋已經亂了，和雷尼之間也有點不愉快，但小惠回家後，終於平靜下來。導尿管有點問題，尿液無法排出，膀胱很脹，很不舒服。換了管子後，排出一千CC。之後用了兩次塞劑，兩點到五點半之間，靠右側側躺終於睡著了。之後又迷迷糊糊睡到七點半。

1月14日

早上七點使用塞劑，睡了一個小時。坐起來吃早餐、梳洗了一個小時左右，又睡了。擦了身體之後，一直睡到十二點半。今天睡真多。

做了腹部超音波，昨晚很擔心，但小貝比和子宮口都沒有問題，終於放心了。

下午三點左右排便。有少許靠自己，其餘的需要協助。幫我活動雙腿後，感覺很舒服，也產生了自信。但總的來說，還是不太舒服。

晚上的時候，一位很親切的產科醫生來為我做超音波，詳細說明了情況。我終於放心了。晚上注射後，才睡了一個小時就醒了，只能在不斷改變姿勢後小睡一下。

1月20日

發高燒，渾身不舒服。

1月22日

退燒了，渾身無力。心情不好，吃不下飯。

身體坐直成九十度。

1月23日

肝臟、膽、胰臟、腎臟、卵巢都沒有發現癌症，沒有異常。

醫生查房。晚上，和醫生討論是否在二十七週時（一月三十日星期一）分娩，好像有點太早了，要不要再多撐幾天？不知道。目前搞不清楚病理，讓人舉棋不定。晚上做了可以走路的夢，很開心。看了電影「空中危機」，那名堅強的媽媽令我深受感動。

1月25日

一月三十日、二月一日、二月二日和二月六日可以生下小貝比。

1月27日

做腹部的核磁共振。除了腎臟腫起以外，沒有發現癌細胞。稍微鬆了一口氣。我一直在想雷尼，我相信他。

我決定放輕鬆。決定在二十八週，和我生日同一天的二月六日分娩。還有好幾天，我要堅持。

2月2日

今天又坐了輪椅，應該比上次更適應了。坐了三十分鐘左右。白天用了塞劑。

洗了頭髮，很舒服。

十二月雷尼付款明細。三十七萬七千八百圓、八萬八千五百八十五圓。

晚上，和雷尼為錢的事發生了爭執。之後身體疼痛不已，脾氣變得很火爆。我錯了。

2月3日

轉去產科病房。

2月6日

剖腹生下了BABY！一千兩百公克左右。

2月7日・2月8日

看了小貝比。排便。洗腳。晚上肚子痛。

2月9日

看了小貝比。洗頭髮。排便兩次，量多。

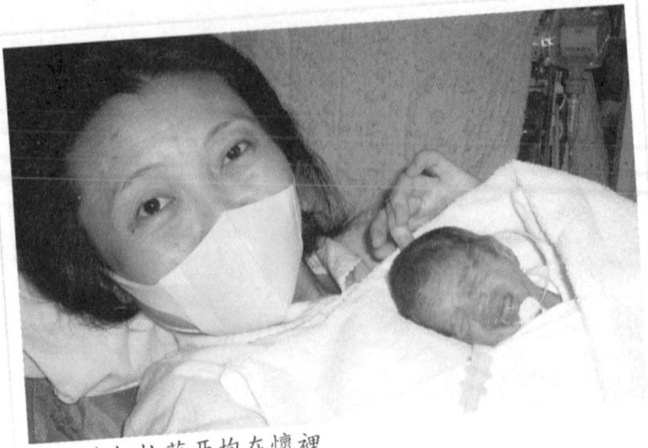

第一次把柚莉亞抱在懷裡

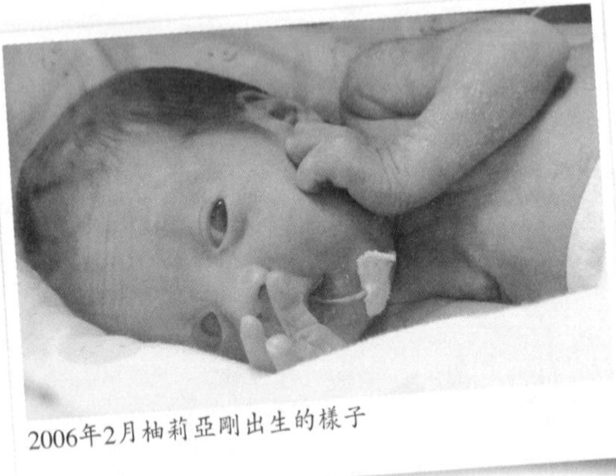

2006年2月柚莉亞剛出生的樣子

2月10日

排便。電腦斷層。核磁共振。

吃東西後，肚子很痛。擠奶。初乳！

2月11日

小惠來了。看到了雷尼和柚莉亞。

2月12日

肚子上的線全拆了。

柚莉亞，生完妳之後，媽媽接受了放射線和抗癌劑的治療。在此期間，癌症再度復發，再次動了手術，這中間似乎經歷了一段不必要的過程，但在不時住院、出院期間，媽媽盡可能在家陪伴妳的成長，和妳、爸爸一起度過了快樂時光。然而，快樂的時光總是十分短暫，二〇〇七年三月底，媽媽的病情第三度復發。這次轉移到腦部和脖子，也發生了腦出血，所以立刻住進了醫院。

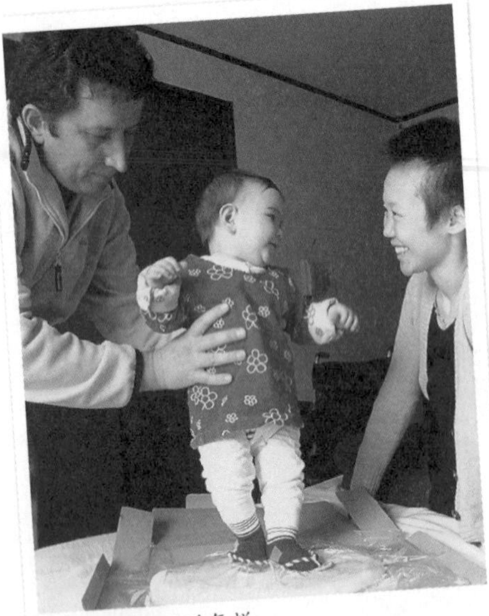
2007年2月4日踩年糕

4月14日（以下摘自錄音內容整理）

今天是四月十四日，爸爸的爸爸從俄羅斯來到日本。爺爺來了。

柚莉亞，妳很乖，爺爺抱妳的時候，妳都沒有哭。

爺爺只會說俄羅斯文，媽媽完全聽不懂爸爸、妳和爺爺在說什麼，不過，只要你們高興就好。媽媽希望爸爸的心情可以放鬆一下，因為媽媽知道爸爸真的很辛苦。自從媽媽生病後，爸爸一直激勵媽媽，叫媽媽凡事不要都往壞的方面想，帶給媽媽很大的勇氣，但這次爸爸的情況似乎也不太好，媽媽也和爸爸聊了很多，知道爸爸已經在某種程度上，做好了心理準備。

和爸爸聊過之後，發現爸爸沒有對象可以討論嚴肅的問題，一旦媽媽離開，爸爸就沒有人可以商量了。

爸爸只會和他的爸爸、妹妹等家人商量，所以，爺爺來了之後，爸爸的心情應該輕鬆不少。媽媽看了很高興，因為爸爸精神放鬆後，可以有更多時間和媽媽相處，媽媽也覺得很開心。

和上個星期相比，這個星期的身體狀況大為改善，已經可以稍微活動，也可以吃東西了，有時候也可以坐上輪椅，但從前天還是昨天開始，媽媽雙眼有點無法聚焦。抬頭看向正前方時沒有問題，只要稍微轉頭，或是低頭的時候，就看不清楚。所以，吃飯或是剪指甲很辛苦。目前接受放射線治療大約十天左右，或許是因為這個原因，嘴巴裡都破了，好痛，感覺嘴巴裡都腐爛了。好討厭，而且，頭髮大把大把地掉。這次是把放射線照在頭部，今天洗澡的時候，後腦勺的地方掉了一大把頭髮。唉，終於面臨這個問題了，終於又面臨了掉頭髮的問題。好不容易留長了，有點可惜。

不過，媽媽從前天開始可以看電腦了，不會感覺很不舒服。所以，媽媽用電腦看了電子郵件和網購。今天網購了妳的衣服，買了優衣庫的衣服，因為爸爸說他沒衣服穿了，兩、三天後就可以送到。這次買了爸爸喜歡的黃色衣服，買了黃色的T恤之類的衣服。

柚莉亞，妳要記得提醒爸爸和爺爺穿喔。

4月15日

四月十五日，早安。今天是星期天，現在是早上七點。今天媽媽覺得很痛，所以要再多睡一下。

我是媽媽，今天額頭開始疼痛，之前都是後腦勺或是腦部後方疼痛，希望不是癌細胞擴散了。下個星期可能要做核磁共振，媽媽有點擔心。

4月16日

早安。今天是四月十六日，星期一早上六點半。因為腰有點痛，所以吃了藥。媽媽要再休息一下，等身體稍微輕鬆一點，再來多寫一點，再來聊天，要等媽媽喲。

4月20日

今天是四月二十日。媽媽昨天睡了很久，太好了，天快亮的時候尿了很多，媽媽嚇醒

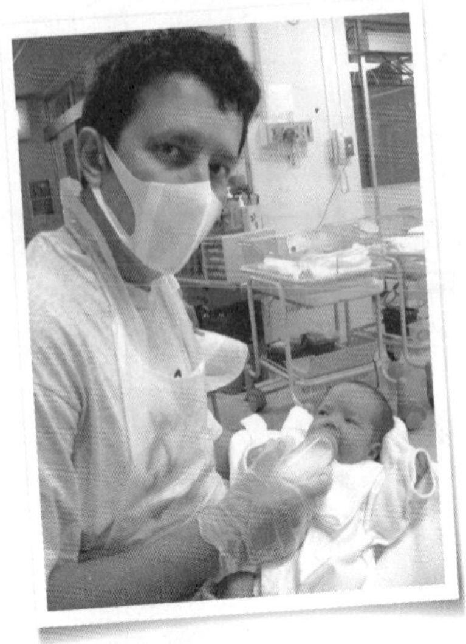

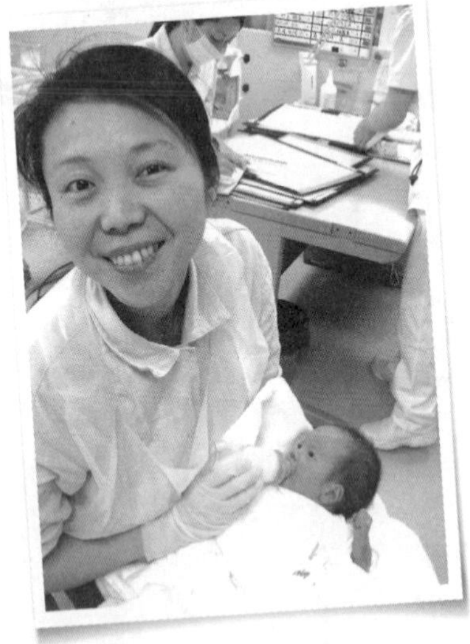

2006年3月在醫院的NICU

了。

4月23日

今天是四月二十三日星期一，早上七點。

柚莉亞，早安。媽媽星期六、星期天回家了。相隔一個月，終於又回家了，媽媽真的、真的很高興。回家的前一天晚上發燒了，差一點回不了家，但媽媽還是堅持要回去。

在家的時候，媽媽覺得爸爸超辛苦的，但是，媽媽很慶幸自己可以回家。因為可以陪妳一起玩，也可以充分體會回家的好處和住院的好處。媽媽還要做一個星期到十天的放射線治療，希望可以帶著平靜的心情接受治療。

回家之後，看到了妳平時的生活，媽媽稍微放心了。

即使媽媽回了家，也不能為妳做什麼，媽媽還是應該回醫院接受治療，讓身體好起來，才能好好照顧妳。

昨天半夜，媽媽做夢了，醒來時流了一身的汗。媽媽嚇壞了，雖然不太記得夢境，但好像遇到了很大的難題。有什麼東西在追媽媽，媽媽拚命跑，跑得滿身大汗。沒想到醒來之後，真的渾身是汗。好奇怪。

今天早晨抽血檢查。因為媽媽發燒了，所以炎症反應增加，今天要確認已經發展到什麼程度。

媽媽哭了。真的很痛苦。今天哭了好幾次，現在仍然在哭。今天醫生告訴了媽媽病情，媽媽的情況很不樂觀。媽媽生了妳，生下妳這麼可愛的小貝比，小貝比絕對、絕對需要媽媽的陪伴，媽媽希望陪在妳身邊，教妳很多事，和妳說很多話……。媽媽可能沒辦法陪妳一起長大了。命運為什麼要讓媽媽拋下妳？為什麼！媽媽不想死，不想死！

媽媽的身體越來越差，現在正在接受放射線治療，在這個星期結束之前，都要做放射線治療，多虧了這種治療，讓媽媽的身體稍微好一點了，但今天醫生來找媽媽。

今天，醫生來找媽媽，對媽媽說，一旦放射線治療結束，媽媽的狀況一定會變差，而且會越來越差，脊髓、大腦和所有神經的狀況都會越來越差。

媽媽之前右腳不能動，現在連左腳也動不了，真的好傷心、好難過。連左腳也無法動時，真的很痛苦，而且，媽媽連手也開始無法動彈了。真的太令人傷心了。因為一旦手動不了，就無法抱妳了，太令人難過了，也太可怕了。

身體無法活動真的很可怕。人只有一個身體，普通人無法想像連唯一的身體都無法動彈的情況。真的、真的很痛苦。

所以，媽媽決定了。不必在意到底能活多久，而是要趁能夠活動時，盡可能多陪妳。媽媽想了很久，最後認為這樣比較好。醫生當然不可能同意媽媽的想法。

即使媽媽的壽命會縮短，媽媽也希望可以抱著妳。如果媽媽已經無法說話，也無法起床時，即使一直陪在妳身邊，也失去了意義。所以，媽媽覺得即使會加速病情惡化，即使會縮短壽命，也想要和妳多說話。媽媽希望可以盡可能在普通的狀態下和妳在一起。

說句心裡話，媽媽很想大叫，誰來救救我，救救我，救救我。媽媽不想死，救命。媽媽難以想像自己會死，太可怕了。媽媽無法想像自己會死，抗癌劑的治療很痛苦，好痛、好痛、好痛、好痛。媽媽無法想像死是怎麼一回事，媽媽好害怕。

今天，媽媽的好朋友來探視，媽媽和她很合得來，她很會做菜，媽媽之前回家時，她也曾經來家裡照顧。她是一個很好的朋友，媽媽接受了整整一年的抗癌劑治療，整個人很不舒服，這位朋友送給媽媽一個護身符。媽媽家附近有一座青蛙寺，護身符是在那裡買的。媽媽的這位朋友個性很開朗，但她女兒也曾經瀕臨死亡的邊緣。當時，她把所有的錢都拿去青蛙寺，對住持說：「這些錢都給你，請你救救我女兒。」住持說：「不用那麼多錢」，就幫她的女兒祈禱，當時，她買了護身符。幸好她的女兒轉危為安。之後，只要她的朋友生病，她就去青蛙寺買護身符送給他們，結果，大家的病都好了。她送給媽媽護身符時說：「妳要趕快好起來」，媽媽很高興。

媽媽很感謝這位朋友的用心，這一次，她又送給媽媽新的護身符。打開小青蛙的頭，可以寫下許願的內容。媽媽寫下了心願。媽媽的心願是——我要活下去，我要和雷尼、柚

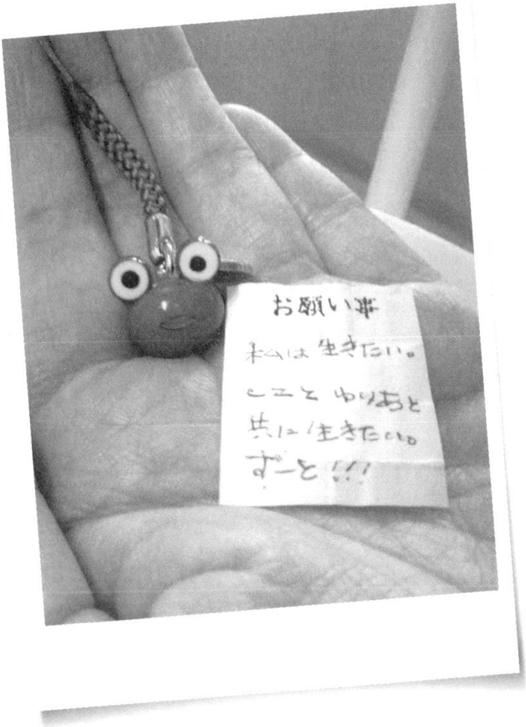
お願い事
私は生きたい。
ヒエと ゆりあと
共に生きたい。
ずーと!!!

莉亞一起生活，直到永遠。

媽媽把護身符放在枕邊，真希望願望可以實現。

5月16日（三）

五月十六日星期三。

昨天和今天做了核磁共振，要和上一次三個星期前四月二十四日進行比較，瞭解症狀的發展。媽媽正在等醫生把比較結果告訴媽媽，但醫生似乎不太想說，說要等全家人都到了再說。這代表媽媽的病情不樂觀。傍晚的時候，醫生讓爸爸和媽媽看了照片，但要等星期五，全家人都到齊時，醫生才會說明病情。所以，媽媽也不知道詳細的情況，但和之前的照片相比，腰部好像又出現了新的腫瘤，而且腫瘤很大，才短短三個星期，居然出現了這麼大的腫瘤。而且，原本的兩個腫瘤也變大了……。媽媽很難過，不知道以後會變成怎麼樣……。現在去鹿兒島的醫院，不知道是否來得及。真令人擔心。而且……，更令媽媽沮喪的是，雖然醫生說，頭部的腫瘤縮小為三分之一，但放射科的醫生在檢查報告中卻提到腫瘤變大了。媽媽不知道該相信哪一個醫生。最近不再嘔吐，也比較能夠活動了，媽媽也覺得病情似乎好轉了。雖然耳鳴很嚴重，但媽媽深信，病情慢慢好轉起來……。心情好複雜。總之，一切要等星期五聽醫生說明，因為腰部的症狀惡化，明天又要開始做放射線治療，到底要做多久，目前還沒有決定，應該會和醫生討論後決定。希望增加放射線治療，或是做完腿部復健後，身體的活動情況可以改善。真不希望腿無法活動，真的好討厭。不知道要打多少針，也不知道要照多少放射線。難道沒有什麼好方法嗎？媽媽所剩的時間不多了，真讓人著急。柚莉亞，媽媽知道妳很需要媽媽，所以，媽媽絕對不能向疾病認輸。如果媽媽現在離開了，妳和爸爸會很傷腦筋，媽媽不能就這樣離開，不能就這樣離開！在心態上絕對不能認輸！嗯，絕對不認輸。幾個星期前，媽媽還覺得即使少活幾天也沒關係，要在身體可以活動的情況下，多多陪伴妳，但現在媽媽改變了主意，即使身體不方便也沒關係，要盡可能多陪在妳和爸爸身邊！

5月17日（四）

柚莉亞，早安。今天是五月十七日星期四，現在是早上八點。

今天，媽媽一直睡到早上七點半。因為吃了安眠藥，所以睡得很舒服，現在也沒有疼痛，渾身很輕鬆。今天開始要追加腰部的放射線治療。雖然媽媽很擔心兩隻腳無法活動了，但病情持續惡化，這也是無可奈何的事。妳和爸爸都需要媽媽，所以，媽媽要努力戰勝病魔。

下午去了放射科，做了腰部的放射線追加治療。這次是針對第三節腰椎到仙骨S1為止，每次的劑量為2Gy，預計做十次。五月三十日，剛好完成十次治療。

最近腰突然很痛，症狀惡化了，媽媽認為原因在於一年前發病的部位情況惡化了，但醫生根據我的症狀，判斷是四月二十一日核磁共振上所顯示的，下方S1的位置出現的腫瘤向上長大造成的，醫生認為這種可能性更大。總之，眼前的當務之急，就是徹底殺死這些癌細胞。所以，一年前接受放射線治療的TH10到L2的部分這次不需要追加治療，只有下面新出現腫瘤的L3到S1的部位用放射線治療。

媽媽擔心的是L2的位置，從一年前開始到這一次，劑量已經增加到66Gy，如果繼續追加，壞死的可能性會大大增加，已經處於無法繼續用放射線的狀況，媽媽真擔心，但現在擔心也無濟於事，因為下面的L3到S1的狀況很嚴重，腫瘤變得很大，症狀也很不樂觀。真希望放射線治療能夠發揮效果。而且，現在每次的劑量是3Gy，之前都是2Gy，劑量增加到3Gy時，神經壞死的機率大為增加，機率是原本的一倍。之前每次都是2Gy，總共是50Gy，五年後神經壞死的可能性是百分之五，這次增加到3Gy，總共接受50Gy的放射線照射，五年後神經壞死的可能性為百分之十。

明天也要接受治療，真希望治療可以很快發揮效果。媽媽會加油的。

5月18日（五）

今天是五月十八日星期五，柚莉亞，早安。

今天媽媽真的很忙，也很焦急。媽媽的症狀真的越來越惡化了，之前還可以活動的左腿突然感覺鈍鈍的，變得很不靈活。不知道有沒有什麼新的治療方法，有什麼可以讓媽媽的病情好轉的治療方法，媽媽想趕快找一家好醫院。所以，媽媽的好朋友知理沙幫媽媽查了很多家醫院，打電話四處打聽，為媽媽找了很多好醫院，媽媽很高興。現在，媽媽正打電話去名古屋的醫院和岐阜的醫院，這些醫院有新的治療方法，有名為「諾力刀」的治療機器，可以在那裡接受新的放射線技術的治療。要用電子郵件傳病歷資料很麻煩，還要拍照片，雖然外婆協助媽媽，但還是無法如媽媽的願。外婆已經盡力了，雖然沒辦法達到媽媽的要求，媽媽可能對外婆口出惡言。媽媽錯了。媽媽很希望爸爸可以幫忙，但爸爸現在陷入恐慌狀態，有點不太正常。所以，爸爸今天去了東京，說要和他的好朋友迪瑪見面。媽媽很希望爸爸和迪瑪談一談之後，心情可以放鬆，趕快恢復爸爸原來的樣子。

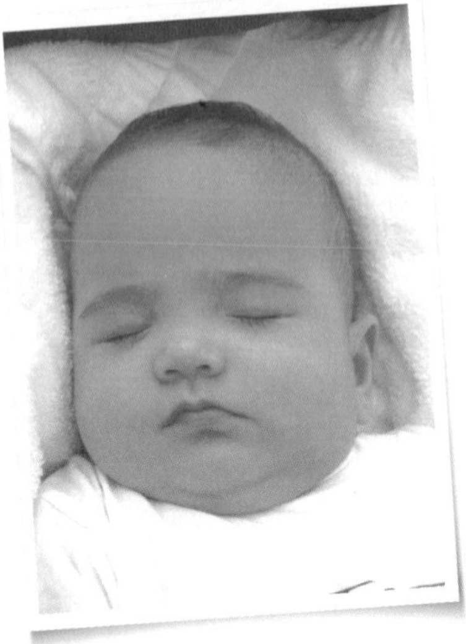

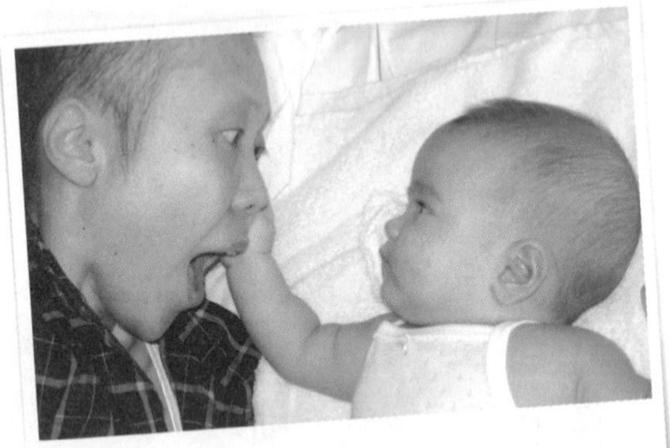

像珠玉般的柚莉亞

媽媽要做很多事，要為下一次住院做準備，要調查有什麼治療方法，還要和醫院預約，還要寫這本專屬於妳的書。媽媽很希望能夠完成這些事，但有時候身體狀況不佳，還要去做放射線治療和復健。身體狀況不佳，疼痛很惱人，很難控制……，在這種情況下，很難完成。只要做一件事，就要花費很多時間。昨天媽媽幾乎沒有時間吃飯，很多事情無法按預定計畫完成，媽媽很著急。雖然外婆安慰媽媽：「即使再著急也沒有用，只能一件一件完成」，但媽媽覺得「這關係到自己的性命」，無法這麼輕鬆對待……。唉，真傷腦筋……。媽媽需要時間、時間，也很想見到妳，好想妳。

之前問爸爸，這個週末「可不可以回家？」但對爸爸來說，負擔似乎太大了。唉！爸爸似乎也需要更多的時間，他也需要時間。於是，媽媽對爸爸說：「醫生說我現在還不能回家，所以，這個週末我會留在醫院。」不過，下星期媽媽就可以回家了，會盡情地陪妳玩。下個星期我們一定要玩個夠。

5月22日（二）

早安，柚莉亞。今天是五月二十二日星期二，上午九點。

十九日的星期六、星期天和昨天星期一，媽媽忙壞了。媽媽的身體狀況不太好，再加上處理了很多事。星期天，媽媽終於看到妳了，好開心！小草莓，我們玩得很開心吧，媽媽也讀了很多繪本給妳聽，真開心。媽媽最高興的是，昨天和爸爸聊了很多，爸爸說了很多有趣的事，就像媽媽生病以前一樣，說了很多話，也笑得很開心。媽媽真快樂！爸爸也開始關心媽媽的病情，媽媽很開心可以和爸爸聊這麼多。媽媽和爸爸、妳在一起最幸福，真的很快樂。媽媽會努力接受治療，盡可能多陪伴在你們身邊。這個月底，等這家醫院的治療告一段落後，媽媽要開始準備接受新的治療。媽媽應該會去鹿兒島或是名古屋的醫院，也可能去熊本。最後可能會決定去熊本的醫院吧，果真如此的話，就暫時見不到妳和爸爸了，真寂寞。這家醫院給了媽媽三個星期的時間，媽媽可以利用這段時間去其他醫院，也可以一直住在家裡。之後，又要回到這家醫院。三個星期……。媽媽希望可以充分運用這三個星期的時間，盡可能多和妳，還有爸爸在一起。媽媽很期待這三個星期。那就改天再聊囉。

5月24日（四）

柚莉亞，早安。今天是五月二十四日星期四。

昨天，媽媽和妳玩得很盡興！太開心了！

媽媽幫妳剪指甲時，妳哇哇大哭，然後我們又一起玩刷牙，真的好開心喔。外婆幫妳買了新衣服，下次再穿可愛的衣服喔。

昨天媽媽很不舒服，身體真的、真的很痛，但媽媽會忍耐下去。這個週末的週六、週日，媽媽會回家陪妳，妳要等媽媽喲，我們再來聊天。

5月25日（五）

柚莉亞，早安。今天是五月二十五日星期五，是週末。

今天在下雨，媽媽昨天睡得很好，嗯，今天感覺舒服多了。前天真的很不舒服，已經很久沒有這麼不舒服了。昨天也忙了一整天，來了很多訪客。親戚的阿姨、白井先生，嗯，好開心。……嗯，真的很開心。如果妳也在，應該會更開心吧。媽媽有很多事情要處理，昨天也做了很多事，很想趕快回家。明天星期六，媽媽就要回家了。今天也要為明天回家做準備。媽媽要和妳盡情地玩，和妳好好地玩。

媽媽很擔心妳曬得很黑，妳原本是皮膚很白的可愛小貝比，媽媽很擔心妳變成黑不溜秋的小貝比。至於爸爸……，媽媽也希望爸爸趕快恢復原來的樣子。爸爸已經比之前好很多了，他為自己的事傷透了腦筋。如果媽媽努力，不知道爸爸會不會多關愛媽媽一點。

2006年5月第一張全家福

媽媽好寂寞，妳寂寞嗎?唉，改天再聊，拜拜。

5月26日（六）

早安，柚莉亞。今天是五月二十六日星期六。

嗯……現在，媽媽……因為安眠藥的關係，腦袋有點昏沉沉的，但今天媽媽會回家！我們要盡情地玩。一會兒見。

外婆在醫院幫媽媽洗了澡，然後，媽媽就回家了。陪妳玩了很久，但今天妳去散步時，媽媽一直、一直在整理家裡，所以很累，真的累壞了……。今天真的有點累過頭了，不過，媽媽還是很高興和妳玩得很盡興，看到妳很健康，媽媽真的很高興。

幫傭做了好吃的菜，房間也變乾淨了，媽媽好開心。終於有回家的感覺了。

和爸爸之間的關係令媽媽感到不安，自從爺爺來了之後，爸爸似乎就出了問題，或者說他改變了。雖然爸爸現在會和媽媽談很多事，也包括媽媽的事，但還是和媽媽漸行漸遠。昨天媽媽真的很不舒服，很希望爸爸能夠協助媽媽，因為媽媽只能向爸爸求助，但爸爸的態度很冷淡，顯然是長時間照顧病人太累了。媽媽瞭解爸爸的辛苦，可是，當爸爸用這種冷淡的態度對待媽媽時，媽媽會覺得自己是多餘的，爸爸已經不需要媽媽了，覺得媽媽是累贅，爸爸已經不愛媽媽了……總是會忍不住這麼胡思亂想。

至今為止，無論發生任何事，只有爸爸深信媽媽一定會好起來，只有爸爸一個人這麼相信。當媽媽一開始生病時，也不知道生了什麼病，醫生也不知道該怎麼辦時，媽媽感到很不安，但爸爸總是鼓勵媽媽：「不會有事，不會有事的」。媽媽三月復發之前，接受抗癌劑的治療時，媽媽好幾次都很沮喪，也經常感到害怕。媽媽很擔心，不知道什麼時候會復發。真的不知道什麼時候又會復發，媽媽害怕得要死。而且，也很擔心以後不能走路了。所以，當時真的很沮喪，很多事都不能自己做，覺得自己很悲哀，常常對爸爸發脾氣。即使這樣，爸爸仍然很包容媽媽，不斷鼓勵媽媽：「妳的腳會好的，只要做復健，一定會好的。我們一定可以恢復之前的生活。」老實說，有些事外婆和尚子阿姨並不清楚，媽媽和爸爸，媽媽和爸爸……嗯，媽媽說不太清楚，但只有爸爸直到最後都沒有放棄，一直相信媽媽會好起來。媽媽三月時不是復發了嗎？就像醫生說的，已經到了倒數計時的階段，所以，爸爸好像想了很多。爸爸不得不面對媽媽即將離開的事實。爸爸已經放棄了俄羅斯的國籍，變成了日本人，無法再回俄羅斯了。當然，爸爸想要繼續住在日本，況且還有妳，還有工作。爸爸必須面對很多問題，再加上媽媽目前的狀況很不理想，需要別人照顧，病情越來越嚴重。媽媽很清楚爸爸的壓力很大，已經爆炸了，已經無法承受了。所以，爸爸也需要時間，媽媽很希望爸爸趕快恢復原來的樣子，我們一家三口在媽媽所剩不多的時間內愉快度過每一天。而且，媽媽希望能夠盡可能多和你們在一起。媽媽不想死。完全沒有這種念頭。一點都不想死。

5月28日（一）

今天是五月二十八日星期一，已經中午十二點了。

昨晚從家裡回到醫院，可能太累了……。晚上疼痛稍微改善後，吃了藥，就一直睡得很沉。現在仍然很想睡，腦袋有點昏沉。

今天媽媽結束放射線的治療，要開始做該做的事了。昨天，媽媽在把冬天的衣物收起來，把夏天衣物拿出來時，妳不小心把垃圾放進嘴巴，不小心噎到了，一臉痛苦的樣子。媽媽嚇壞了。因為那時候媽媽正在忙自己的事，看到爺爺在旁邊，所以就沒有太注意妳。柚莉亞，對不起。於是，媽媽大聲叫爸爸過來，請爸爸把妳嘴巴裡的東西拿出來，幸好沒有釀成大禍。媽媽好懊惱，如果不是因為媽媽身體的關係，就可以馬上衝到妳身旁處理了，也可以注意不讓妳靠近危險的東西，媽媽現在卻做不到，所以很懊惱。但是，但是，媽媽會在力所能及的範圍當一個好媽媽，媽媽很希望能夠趕快為妳做媽媽

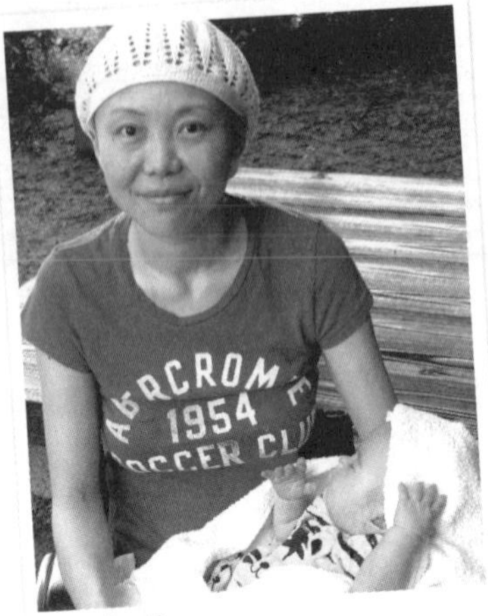

2006年7月

2006年10月 第一次接受抗癌劑治療的時期

該做的事。

5月30日（三）出院

放射線治療到今天結束了。這一次，媽媽三月底開始住院，所以，治療的期間相當長。去年一月開始，為時七個月的抗癌劑治療才剛結束，正準備逐漸恢復正常生活時，沒想到再度復發、住院，所以，剛住院時，媽媽的心情很沮喪，因為離開妳和爸爸的住院生活很痛苦。

不過，今天總算暫時告一段落了。治療結束後，就可以暫時回家住一段時間。（雖然三個星期後，又要回來醫院……）

所以，等媽媽辦完手續就可以回家了。妳要等媽媽喲。

住院這段時間，媽媽的身體變得很虛弱，兩隻腳也無法像以前一樣自由活動，或許無法像以前一樣抱妳，無法為妳換尿布，無法餵妳吃飯，但媽媽會在外婆和爺爺的協助下，力所能及地扮演好媽媽的角色。

同時，媽媽由衷地希望癌細胞不要作亂，慢慢惡化，讓媽媽可以盡可能多陪伴在妳和爸爸身邊。

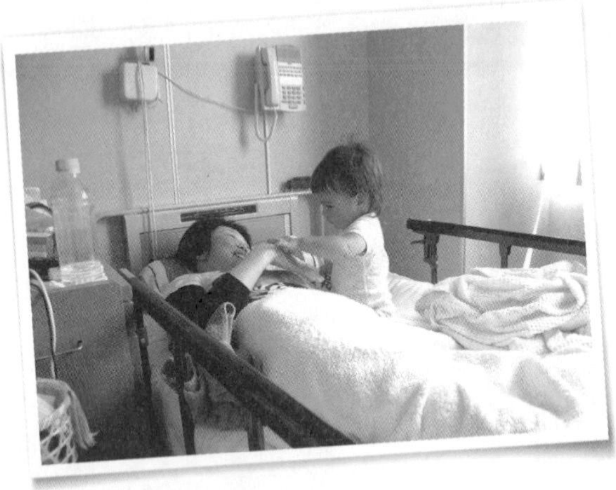

2007年7月第二次接受抗癌劑治療

請寫信給柚莉亞

這本書，是在二〇〇六年夏天接受抗癌劑治療期間，利用零星時間開始記錄。那時候，幾乎都是住院十天接受抗癌劑治療後，再回家二十天。回到家時，才六個月大的柚莉亞像珠玉般可愛不已，很希望可以陪著她一起長大。想到我連身為人母的這種基本的願望都無法實現，就覺得懊惱不已，心有不甘，更覺得很不公平。我應該就是在這種心境下，開始提筆記錄下這一切。這次在許多人的協助下，終於把這些內容集結成冊，但我還有很多話要對女兒說，所以，應該還會繼續寫下去。

「媽媽的疾病奮鬥記1」是從我回顧二〇〇五年十二月發病，到二〇〇六年二月柚莉亞出生，以及到六月為止，接受抗癌劑治療的過程。當時，我把日常的生活寫在便條紙上，當作日記記錄下來，本書中所呈現的就是當初便條紙上所寫的內容，並沒有修改。

「媽媽的疾病奮鬥記2」是二〇〇七年三月復發，再度住院後，在住院期間用錄音機錄下的內容。那段時間身體狀況很不理想，無法提筆書寫，只能用錄音的方式記錄，所以，內容有點口語化。

之所以會收錄「疾病奮鬥記」的內容，是因為我覺得各位讀者在思考健康的問題，或是自己、家人生病時，或是考慮和醫院、醫生之間的關係時，我個人的經驗或許可以提供各位參考。

深深感謝協助出版本書的各位朋友。

在我想要寫這本書時，感謝西日本新聞社的山下宣之先生、書肆侃侃房的池田雪小姐向我提供了意見，並在寫作方向上提供了很多建議。我很慶幸有緣認識山下先生，也由衷地感謝書肆侃侃房的田島安江小姐，在本書發行時，送給我一個很大的禮物。因為我最喜愛的Lily Franky先生推薦了這本書，所以說，有志者，事竟成！

西日本新聞社的福間慎一先生，謝謝你為柚莉亞和我拍的照片，我在書中也使用了你拍的照片。

媽媽，謝謝妳總是協助我。在和妳相處時，我每天都在思考我和柚莉亞的母女關係，我希望能夠多活一天，以後也要麻煩妳了，也謝謝妳幫忙照顧小權。

尚子，姊姊生病之後，給妳添了很多麻煩，很抱歉。妳和我相處時的態度一如往常，令我感到很高興。

里奧涅，我希望有更多時間和你相處。

柚莉亞，妳是我生存的目的。

二〇〇七年八月特列寧・晃子

媽媽不能就這樣離開。

幾個星期前，媽媽還覺得即使少活幾天也沒關係，

要在身體可以活動的情況下，多多陪伴妳，

但現在媽媽改變了主意，

即使身體不方便也沒關係，要盡可能多陪在妳身邊……

Part 004

《請照顧我女兒》製作故事

◎田島安江

田島安江：

一九四五年，出生於大分縣，曾經擔任校對員、撰稿人和編輯工作，於一九八九年設立創意系統有限公司。二〇〇二年成立「書肆侃侃房」出版社，二〇〇七年出版發行了《請照顧我女兒》一書，獲得廣大讀者的熱烈支持。

接下本書的編輯工作

即使現在回想起來，仍然覺得《請照顧我女兒》這本書的命運很曲折。二〇〇七年春天，櫻花開始綻放的某一天，成爲這本書的起點。我接到了在福岡《西日本新聞》報社工作時的同事，山下宣之先生的電話。

「我有事想和妳談一談，妳還在公司嗎？」

「在啊，你過來吧。」

二十分鐘後，山下先生來到公司。

「有關於自費出版的問題，我朋友特列寧・晃子想出一本書，我想這件事還是拜託妳最合適，可不可以請妳幫忙？」

「沒問題啊。是怎樣的書？」

「說來話長……」

山下先生說，晃子曾經是他手下的網頁設計師，之後和俄羅斯人結了婚，他們的婚姻生活應該很美滿幸福。最近一直沒有聯絡，大家都以爲她終於實現了夢想，去國外生活了。沒想到最近突然接到她的電話，因爲很久沒有聯絡，所以山下先生嚇了一跳，但電話內容更令人震驚。

她哭著在電話中說：

「我才剛生下女兒，就發現脊髓出現了惡性腫瘤，醫生說我活不久了。我不想死，我想陪伴女兒長大，但既然已經走向死亡，我想寫一本書留給女兒。山下先生，你可以協助我出版嗎？如果可以，我希望由你幫我製作。」

山下先生在電話中回答她，他要考慮一天。

因爲山下的父親也罹癌去世，曾經親眼目睹治療過程的痛苦。他父親是報社記者，在罹患癌症後，利用治療的空檔，寫下了很多文字，但最後仍然無法讓這些文字問世。以寫作爲職業的父親也無法出版當年的紀錄，更何況是沒有寫作經驗的晃子，她能夠成功嗎？

因爲有這樣的原委，所以他無法立刻點頭答應。

但是，思考了一晚上，山下先生決定接受晃子的拜託。因爲晃子那句「爲女兒而寫」的話，打動了他的心。山下先生的太太也剛生孩子，晃子身爲母親的用心打動了他，他決定要助晃子一臂之力。

我公司的員工池田雪（皮諾可）剛好認識單身時代的晃子，晃子也記得池田，也看過池田寫的部落格，很喜歡她的文字品味，因此，在討論之後，決定由池田擔任晃子的責任編輯。

當時，池田已經懷孕，即將在八月分娩。據山下先生說，晃子用手寫的方式，寫下了給她女兒的話，應該很快就能集結成冊出版。山下先生應該希望這本書可以立刻問世。

2007.4.15　池田的部落格

今天搭西鐵電車到了久留米，在病房和特列寧・晃子討論。好久沒見到特列寧・晃子（就是我以前認識的那個晃子，結婚後改姓特列寧）了，差不多有七年沒見到她了。我做夢都沒有想到會以這種方式和她重逢。因爲我們是舊識的關係，所以她決定由書肆侃侃房出版她寫給女兒的書，我今天來瞭解情況。我希望協助她寫好這本給她女兒柚莉寶貝的書。

但是，原本以爲很快可以出版的預測落空了。出版時，經常會有意想不到的情況發生，認爲可以輕鬆出版的書，通常都不輕鬆。

果然不出所料，在初校的階段，池田就發出了求救信號。

「晃子說，希望這本書能夠在書店賣，這樣的話，可能要花更多時間編輯。我的預產期快到了，最好換一個責任編輯。」

我得知這個消息後，立刻決定接手這本書的編輯工作。池田的擔心成眞了，在她分娩的八月三日，書不僅還沒有出版，稿子也處於文字量不足，需要增加內容的狀態。

希望有朝一日可以在國外生活

特列寧・晃子（得年三十六歲）出生於佐賀縣唐津市，九歲之前是獨生女。父母離異後，由母親獨力撫養她。據晃子的母親青山艷子女士說，她從小就很乖，只要拿一本書給她，她就會一個人乖乖地玩，不會吵大人。

不久之後，青山女士改嫁。繼父也很疼愛晃子，之後，她又有了一個年齡相差很多的妹妹，一家四口過著幸福的生活。他們曾經多次搬家，最後，他們在佐賀縣內風光明媚的虹之松原附近蓋了房子，一家搬進了新房子。他們家位在一片寧靜的住宅區，和虹之松原只隔了一條鐵路。晃子考進福岡的西南學院後，就搭JR筑肥線的電車通學。

當時，筑肥線在虹之松原站和唐津站之間，還有一個名叫和多田的小車站，她從和多田車站搭車，搭一個小時的電車到大學上課。晃子很喜歡每天穿過松林，經過海岸線的電車之旅。不久之後，晃子用打工存的錢在學校附近租了房子，開始獨立生活。她的個性很執著，一旦決定目標，就會朝向目標努力。她也很獨立，從來不尋求父母和他人的幫助。

晃子在大學就讀的是國際文化系，她用打工的錢買了電腦，開始上網。電腦和照相機都和世界連結，也是她實現目標的工具。她漸漸有了夢想，希望以後可以去國外旅行，更希望有朝一日能夠在國外生活。爲了實現夢想，必須學好英文。於是，她每天聽英文會話的廣播。之後，她的朋友也都知道了她的夢想，都覺得她是一個「腳踏實地，願意爲了目標刻苦努力的人」。

學英文後，她結識了特列寧·里奧涅德，兩人步入了禮堂，開始有了共同的夢想，希望有朝一日可以在國外生活。

晃子和特列寧·里奧涅德交往六年，在二〇〇二年四月結婚。婚後，他們沒有立刻生孩子，但在晃子之後結婚的妹妹尙子懷孕後，晃子有點著急，最後終於順利懷孕。晃子在二〇〇五年七月發現自己懷孕，預產期是翌年五月。當時，晃子已經辭職，十月的時候，照理說已經進入了穩定期，但她腰痛的情況十分嚴重，每次去婦科產檢時都會問醫生，但醫生每次都告訴她：

「懷孕期間難免會腰痛。」

所以，她只能咬著牙忍耐。但是，有一天，她痛得無法走路，最後實在疼痛難耐，只好叫了救護車，在她平時去婦產科做產檢的綜合醫院檢查後，緊急動了手術。發現脊髓有腫瘤，腫瘤壓迫了神經，誘發了疼痛。當時判斷，只要切除腫瘤就可以改善。

但是。「很遺憾，是惡性腫瘤，之後要在大學附屬醫院的整形外科診治，同時準備分娩。」

之後的詳細治療情況都寫在《請照顧我女兒》中，晃子面臨了到底要以治療癌症爲優先，還是分娩後再治療，甚至先放棄孩子的痛苦抉擇。如果在分娩後再治療，就無法阻止癌症繼續惡化，也因此會有生命危險。

最後，個性好強的晃子因爲里奧涅德的一句「對不起，晃子，I want both.（妳和孩子我都要）」，決定生下孩子。

其他的家人和親朋好友都紛紛勸她：

「應該先治療疾病，孩子的事可以緩一緩，請妳優先治療癌症。」

但是，她沒有接受大家的勸說。

二〇〇六年二月六日，她選在自己生日那一天，生下了早產的女兒，爲女兒取名爲

「柚莉亞」，在俄羅斯，這也是女生的名字。

生下女兒之後，晃子和疾病展開了漫長而痛苦的奮戰。生下女兒後，晃子希望「親手抱著柚莉亞，餵她喝母奶」，爲此，她減少了止痛藥的服用劑量，坐在病床上擠母奶，也曾經坐著輪椅去新生兒加護病房看女兒。

最後，她只有兩次親手抱著女兒餵母乳的經驗，而且，女兒也不太願意喝。當她無力抱著女兒餵奶時，爲了讓女兒喝到母乳，她還曾經請母親把母乳送去新生兒加護病房。

但是，嚴酷的現實讓晃子無暇沉浸於「初爲人母的那種痛並快樂著的日子」，她必須立刻開始治療。

原本打算出院後，可以在家裡下廚做一些喜歡的料理，所以在家中的廚房裝了欄杆，但她出院時，已經無法抓著欄杆站立。原本希望「以後爲柚莉亞做斷奶食品」，但她最後還是沒有等到那一天。

和癌症的殊死戰

晃子在二〇〇七年三月底到四月時，請山下先生協助她出書一事，同時，她不願意相信自己的疾病，在網路上不斷尋求醫療諮詢（second opinion），除了用電子郵件四處諮詢，也請她的妹妹尙子打電話瞭解情況。尙子在記事本上詳細記錄了這一切。

對方都用電子郵件或電話回答了晃子的疑問，他們告訴晃子，由於她已經動過手術，癌症以播種的方式開始擴散，無法再動手術，否則會影響到生命的安全。

晃子留下了悲痛的話語。

・病人就無法和病魔奮鬥嗎？

・我想要求助，卻求助無門。

・只要有希望，我願意接受任何手術，絕不放棄。

當時已經確認，癌細胞擴散到了腦部。晃子的母親回想起當時的事，仍然餘痛猶存，內心的憤怒不知該向何處宣洩。

「如果晃子還能行走，我可以帶她去全國任何一家醫院就診，也許可以找到救治她的方法，每次想到這個問題，就覺得很難過……」

2007.4.23

小腦有兩處發現了腫瘤，發生了播種擴散，脖子的C-7和腰部的T-12位置也出現了腫瘤。

三月三十日開始，要在目前治療的大學附屬醫院接受放射線治療。（腦部和脖子）

寄了三月二十四日拍攝的MRI照片，難道沒有其他有效的治療方法嗎？

病歷顯示二〇〇五年十二月，腰部E-12的位置發病，翌月，腰部T-12部位再度復發，進行了局部放射線治療，四月時T-4部位復發，六月至今年一月爲止，持續接受化療。

病理診斷遲遲無法有明確的結果，最後診斷爲骨髓惡性腫瘤。以上是至今爲止的簡單經過，靜候您的消息。

特列寧・晃子（金岡尚子代筆）

當時，晃子的母親青山艷子女士留下了以下的紀錄。

2007.4.23　母

醫生說，「即使晃子的身體機能已經麻痺，也希望能夠藉由化療延長她的生命」，但晃子說：「我不希望雙腿的情況比現在更差，不希望無法活動。」我希望尊重晃子的意見。

我問她是不是打算放棄治療，她回答說：「醫生告訴我，電腦刀（CyberKnife）*是一項新技術，目前還不知道治療的功效。我查了很多資料，我不知道該怎麼辦。特列寧說，這次他眞的累了，態度也不像以前那麼積極。沒有人可以救我，眞希望有人可以救救我。我不想就這樣等死。我不想死，小孩子需要母親，我從小在單親家庭長大，我最瞭解這種感受。」

可能是之前太壓抑了，她一次又一次地大聲哭泣，我無言以對。無論如何，都希望掌握更多資訊。

＊電腦刀（CyberKnife）將放射線從多個不同方向集中照射在癌症等病灶的定位放射線治療裝置。

尚子也詳細記錄了MRI的檢查結果。

2007.4.24　尚子

腦部和脖子的病灶變小，雖然有出血的痕跡，目前已經止血，但腰部的腫瘤變大。必須接受第二次放射線治療，做好雙腿都無法活動的心理準備。醫生說，腦部有出血情況時無法化療。如果不做放射線治療，最多無法撐過三個月。姊姊說，她不想在身體無法活動的情況下苟活。

2007.4.25　尚子

把MRI（的照片）帶去其他大學附屬醫院請教其他醫生的意見，醫生說：「目前日本規定只有腦部可以使用電腦刀，脖子也不行。即使在規定可以使用電腦刀的部位使用這種技術，也會出現後遺症，腿也會無法活動。其他部位的腫瘤目前已經藉由放射線治療得到了控制，即使住在其他大學附屬醫院，也會採取相同的方法治療。」主治醫生和所有家人一起討論，姊姊哭著說，她雖然瞭解，但無法眼看著雙腿無法活動，所以無法做出決定。

2007.4.25　母

晃子說：「雖然很對不起柚莉亞，但我不想在雙腿都無法活動，還要沒有尊嚴地活下去。無法爲她做任何事的媽媽對她根本沒有任何用處，與其成爲大家的包袱，不如死得乾脆一點。」

我們這麼努力支持她，就是希望她能夠多活一年、兩年，但她似乎無法體會。我告訴她：「如果妳走了，特列寧會手足無措。」她才終於靜下心來思考。

晃子希望和特列寧先生好好談一談「如何養育柚莉亞」的問題，所以，和特列寧先生獨處時，一直找機會討論這個問題，但特列寧先生總是立刻岔開話題，冷冷地說：「現在不用談這些。」

得知懷孕，還不知道罹患癌症時，他們曾經過著幸福快樂的生活。天氣好的時候，晚上經常去附近散步，一起暢談柚莉亞的未來，如今，特列寧先生卻不願談。

「我想去國外生活，讓小孩子讀那裡的小學。」

「喔？爲什麼？」

「因爲我讀小學時，既不喜歡學校，也不喜歡老師。學生一定要聽老師的話，功課也很多。我不想讓孩子過那種忙碌的生活。」

「那怎麼辦呢？」

「去國外生活就解決了。」

晃子喜歡這種天馬行空的閒聊，她眞心打算移民國外。

2007.4.26　尚子

昨天晚上，媽媽和姊姊談話時，姊姊說，她不想活得沒有尊嚴。

2007.4.26　母

晃子似乎很在意腰部發麻的情況，今天早上醫生查病房時，她請醫生幫她做腰部放射線治療。

PM 4:00　護士通知要做放射線治療。不知道是否已經心灰意冷，她流著淚，無力地說：「那我去治療了。」回病房時，她告訴我：「我和做放射線治療的醫生約定，要努力撐一年。然後一直哭不停。」

錄音帶中傳來晃子的聲音

晃子在努力寫書稿的同時，也拚命向醫生求助，所以寫稿的進度不如預期。於是，山下先生提議用錄音的方式「寫作」。

夜深人靜後，晃子在病房內對著錄音機說話。白天的緊張煙消雲散，從錄音中聽到了她的哀傷，感受到她的脆弱。

四月二十七日白天，尙子從晃子手中拿到錄音帶，開車送去山下先生的公司，打算把錄音帶交給他。

「不知道姊姊說了什麼。」

她隨手把錄音帶放進車子音響內，按下了開關。聽到晃子說話的聲音，她立刻倒吸了一口氣。她聽到了姊姊悲痛的吶喊，尙子不知所措，淚流滿面，無法繼續開車。

「媽媽哭了。真的很痛苦。今天哭了好幾次，現在仍然在哭。今天醫生告訴了媽媽病情，媽媽的情況很不樂觀。媽媽生了妳，生下妳這麼可愛的小貝比，小貝比絕對、絕對需要媽媽的陪伴，媽媽希望陪在妳身邊，教妳很多事，和妳說很多話……。

「但是，媽媽可能沒辦法陪妳一起長大了。命運為什麼要讓媽媽拋下妳？為什麼！媽媽不想死，不想死！」

尚子把車子停在路旁，哭了好一陣子。

晃子的身體情況一天比一天惡化，差不多那個時候，晃子和尚子在電話中聊了一個小時。

「尚子，柚莉亞以後要拜託妳了，里奧涅不瞭解女孩子的事，以後妳也要幫柚莉亞挑衣服。」

里奧涅德先生雖然瞭解晃子的病情，卻不願接受這個事實，晃子放棄交代他這些瑣事，拜託尚子教柚莉亞如何當一個女生。

2007.5.21 PM 5:00 T醫師的說明　尚子

放射線治療已經無法控制腫瘤的惡化。

醫生說，放射線治療還有七次就結束，如果要尋求醫療諮詢，或是去其他醫院治療，時間必須控制在三週以內。因爲腰部腫瘤惡化速度很快，最多只能等三週。三週後，就要開始做化療，醫院方面將採取三種不同種類的化療方式，不知道有沒有效果。與其這樣，還不如出院在家休養，或許比住院化療更理想。

我問醫生，住院和回家哪一個比較好？醫生說，在意識清醒的情況下，回家可以有各種刺激，有可能延長生命，希望我們做這方面的準備。母親問醫生，如果化療無效，還能活多久。醫生說，大約半年。

和姊姊在病房聊天時，她很關心我的小孩。姊姊得知我懷了第二胎，好像自己懷了孩子一樣高興。如果姊姊不能撐一年，就看不到我的第二個孩子……。我希望姊姊能看到。

2007.5.21　母

醫生向我們說明病情。「腦部的腫瘤變小，目前情況穩定，但並沒有根治，而且，放射線治療對腰部無效。接下來的七次放射線治療結束後，就要回家休息三週。如果要尋求醫療諮詢，可以利用這段期間去其他醫院。由於時間所剩不多，希望盡快開始化療。如果化療無效，就減少用藥量，回家中靜養，病人也會比較沒有遺憾……」

醫生說，晃子只剩下半年。這家醫院已經無能爲力了，眞的走投無路了嗎？尚子在晃子的要求下，向兩、三家醫院寄了電子郵件，希望那些醫院願意接受我們的拜託。剩下六個月，希望晃子能夠多活一天。到底該爲她做什麼好？無論做什麼，都不可能沒有遺憾，心情都無法平靜，心中有太多的不捨。

當時，晃子的生命已經看到了盡頭。雖然透過尚子向其他醫院進行醫療諮詢，但都沒有得到令晃子滿意的答覆。

這時，我收到了山下聽打的稿子。

我完全不知道晃子所面臨的困境，帶著複雜的心情，接替池田，開始編輯這本書。

時序進入六月後，晃子對出版的熱情有增無減。我在她治療的空檔，多次去醫院或她家中和她見面。

晃子的化療告一段落回到家中後，我第一次和她見了面。晃子的家位在福岡縣小郡市，從福岡市中心天神搭西鐵電車大約四十分鐘就可以到她家。我在地圖上查了晃子住家所在地，搭了下午第一班快車。

我在西鐵小郡車站換車，往回坐了兩站，來到無人車站「三澤」。酷暑中，走出車站右轉，大約要走十分鐘左右。才走幾步，就已經大汗淋漓。沿途有幾家商店和一家小型超市，進入住宅區後，右側有一棟嶄新的兩層樓公寓。那就是里奧涅德先生工作的那家公司的宿舍，裡面住了幾個俄羅斯家庭。特列寧一家住在一樓。

門一打開，柚莉亞探出了頭。當時，柚莉亞一歲四個月，還很怕生，一開始對我充滿警戒，但很快就消除了戒心。

第一次見到晃子時，她躺在床上。因爲副作用的關係，她的頭髮幾乎都掉光了。當我走進去時，她露出親切而溫和的笑容。

「對不起，我這副樣子，平時我都戴帽子，但柚莉亞喜歡帽子，所以被她拿走了。」

「妳完全不必介意，我周圍有很多掉頭髮的人。小孩子眞的都很喜歡帽子。」我笑著對她說。尙子曾經告訴我，晃子對頭髮因爲化療而掉光這件事很難過。

晃子躺在床上只能看到一小片風景，陽台外的一小片雜草、雜樹和後方的天空。一旦拉上窗簾，就遮住了陽光，只能面對室內的狹小空間。

柚莉亞有著一雙大眼睛，好像洋娃娃一樣可愛。她一下子就爬到晃子的床上。那一陣子，她喜歡學大人擦地，經常把繪本當成抹布在地上擦。她的動作有模有樣，令人莞爾。她在「擦地」時，對我嫣然一笑。

晃子出院後，在福岡縣久留米市區的一家專做化療和放射線治療的私人醫院接受治療。她在那家醫院接受化療，等身體狀況恢復後，再回家中療養。她在家中時，請附近的醫生出診，持續觀察後續情況，接受定期檢查，再交由大學附屬醫院的主治醫生做出判斷。

這是由大學附屬醫院的主治醫生、私人醫院和出診醫師三方合作的治療形態。晃子希望盡可能留在家裡，在因爲化療而降低的白血球值回升，食慾稍微恢復後，立刻回到了家中。

我並不知道晃子的情況這麼糟，如果我開口問，她或許會告訴我，但是，我沒有問。當時，我只是抱著和一位作者，一位母親接觸的態度和晃子相處。

之後，我曾經數度造訪晃子家中和她的病房。

幸好她在住院期間住的是私人病房，和她談話時，不必在意其他病人。晃子也告訴院方她正在寫書這件事，所以，醫師和護士都允許我自由出入病房。

據晃子的母親說，晃子因爲接受化療的關係，早晨不容易清醒，即使我十點去看她，她可能仍然昏昏沉沉的，如果要討論寫書的事，最好傍晚的時候去探視。所以，我經常在傍晚去看她，即使熄燈時間後，仍然繼續討論。

剛開始，我有點擔心，曾經問她：

「我留到這麼晚沒問題嗎？」

「醫院方面知道我在寫書，沒問題。」她不願停止討論。

不久之後，我採訪了這家醫院的醫生，醫生告訴我：

「這家醫院專收末期癌症的病人，大部分病人都無法正常飲食，只有接受化療而已。很多乳癌病人右手無法自由活動，不要說吃飯，就連生活也無法自理。晃子太太可以自己進食，在這裡算是不錯的。」

即使如此，看到晃子期待回家，期待和柚莉亞相見而忍受治療的樣子，還是覺得於心不忍。

我們的討論經常持續到深夜，有時候甚至擔心趕不上末班電車。

山下先生持續將用Word文件打字的稿子傳給我，晃子也給了我幾張照片，想要放進書中。

我看了整理後的文章。她的文章通俗易懂，由於採取了「對女兒說話」的方式撰寫，無論誰看了，都會深受感動。那是一位母親留給女兒的話，希望女兒長大以後能夠看她留下的這些話，那時候，她這位母親已經不在人世了。從她的文章中，可以感受到一個母親的眞情流露，但文章只有八十頁左右，無法成爲一本能夠在書店販賣的書。

2007.6.11　母

從上週五開始，晃子持續低燒不退。缺乏食慾，也很疲憊，半夜仍然疼痛不已。白天的時候也沒有精神，昏昏欲睡，經常發呆，口齒也很不清楚。

我看了晃子母親的紀錄後十分驚訝，因爲，那時候晃子正在補充書的內容，同時在做校對工作，她一定是在晚上，其他人熟睡後，忍著疼痛做這些工作。她的毅力太驚人了。

2007.6.15　母

我再度去拜託放射科的醫生，拜託他爲晃子寫轉院到其他醫療機構的介紹函，醫生說：「目前已經在接受放射線治療，再加上病人無法自己走路，不符合條件，其他醫院不會接受這種病人。」晃子的病灶是肉瘤，放射線無法發揮作用。

目前雖然暫時得到控制，但不知道什麼時候會惡化。一旦惡化，之後恐怕連坐輪椅都有困難。

醫生說：「目前的情況很穩定，不妨珍惜目前這段時間。」

醫生說的或許有道理，但晃子還這麼年輕，難道只能等死嗎？幸好晃子自己還沒有放棄，只是治療始終沒有效果，她有點焦急。我和尚子會竭盡所能協助她。

神明啊，上帝啊，請賜給我們力量。

的。

和晃子多次接觸後，我漸漸瞭解了她的想法，也知道她想要在書店銷售的眞正目的。

「最近，不是有很多人都虐待小孩子嗎？他們看到像我這種因爲生病的關係，無法和自己的孩子在一起的母親，也許會產生不同的想法。我實在無法相信有人不疼愛自己的兒女。」

「妳想要藉由這本書告訴所有人，小孩子有多麼可愛嗎？」

「對，我希望所有人都能瞭解，也希望他們知道，無法陪伴自己的兒女長大，是一件多麼痛苦的事。」

「如果想在書店銷售，目前的內容太少了，必須再補充一些內容。但以妳目前的情況，治療似乎帶來很大的痛苦……，會很不舒服吧？」

事實上，晃子在接受治療期間，眞的很痛苦。持續嘔吐、發燒，藥物的副作用也抹殺了她的食慾，我不忍心再增加她的負擔。

如何才能提升這本書的完成度？晃子留給女兒的那些話的確能夠打動人心，也很出色，負責聽打的山下先生也感到佩服不已。

「因爲我經歷過我父親生病的過程，所以很瞭解化療是怎麼一回事。藥物都是爲了緩和疼痛和痛苦，所以，會麻痺思考能力，讓人放棄思考，撐過眼前的痛苦。我在記錄晃子說的話時，不由得對她佩服不已。她的文字完成度很高，讓人懷疑在接受化療的人怎麼能夠寫出這麼出色的文字？」

山下先生所言不假，晃子留給女兒的話中充滿了母愛。沒有說教，也不強加於人，隨處充滿了救贖，任何人看了，都願意接受。

《請照顧我女兒》的目錄如下：

關於里奧涅的事（爸爸的事）　吵架　朋友　小時候　讀書　學校・老師　錢　打掃・整理　女生　打扮　減肥・飲食　生理・身體的變化　戀愛　做愛　音樂、書、電影

我知道她已經盡力了。

有一天，我去晃子那裡拿校對稿，發現目錄的部分寫滿了補充項目。

「這些還沒有寫完，雖然我有很多話想要說，但補充內容還沒有開始寫。」

如果有時間，我很希望她可以補充，但是，除了時間，晃子有體力和精力嗎？

那時候，我已經開始思考萬一晃子離開人世的事，我不能逃避擺在眼前的事實，我的使命就是尊重晃子的想法。這並不是矯情，而是身爲編輯，必須隨時站在第三者的立場，從客觀的角度看事情。我在充分瞭解晃子「我想要寫的並不是我的疾病奮鬥記」的想法基礎上，希望能夠早日完成這本書，同時，設法讓這本書能夠在書店銷售。這才是我目前必須最優先解決的課題。

里奧涅德先生的父親申請到三個月的簽證，從俄羅斯來到日本，在五月至七月期間，住在晃子家中。柚莉亞和爺爺很親，里奧涅德的父親在回國時，甚至提出想帶她回國。

在里奧涅德先生的父親來日本之前，里奧涅德先生和晃子的心理狀態並不理想。自從晃子發病以來，里奧涅德始終無法接受晃子的疾病，也曾經向俄羅斯的家人和朋友訴說，詢問到底能不能治好這種病。

他也不太願意和晃子談話。晃子看到他獨自痛苦的樣子，覺得兩個人的心越來越疏離，也越來越難過。

「我也很痛苦，我很希望和他談談柚莉亞的未來。」

所以，晃子才會發自內心地想要寫這本書。

「里奧涅不知道女孩子的事，我希望能夠在書中傳達一個母親的想法，把母親應該告訴女兒的話，統統寫在書裡。」

里奧涅德雖然不願意面對晃子的疾病，但很照顧晃子和柚莉亞。他不再去喜愛的戶外運動，也不再和朋友一起去喝酒、玩樂。他開始把家人放在第一位。

里奧涅德的父親來日本的三個月，在精神上給了他很大的支持。父子兩人用俄羅斯話聊天，也爲里奧涅德的心情帶來平靜。在簽證結束的三個月後，他父親依依不捨地回國，特列寧家再度恢復了以前的生活。

於是，我有時候會在傍晚時去晃子家，讓午睡醒來的柚莉亞坐在嬰兒車上，帶她外出散步。夏末初秋的季節，雖然還有點熱，但接近傍晚時，空氣中已經有了涼意。初秋的風吹來，紅蜻蜓飛來飛去。我們繞著位在坡地上的住宅區走一圈，看到很多秋季的花朵開始綻放。

傍晚時分的住宅區很安靜，幾乎沒有人走動，有時候，巷子裡突然竄出一隻貓；有時候在街角一轉彎，就有狗對著我們吠叫。柚莉亞從不感到害怕，好奇地看著這些小動物。

巷子盡頭有一家小神社。

「柚莉亞，我們去拜拜，祈禱媽媽早日康復。」

有一天，當我們走到坡道盡頭時，不經意地回頭一看，看到巨大的夕陽慢慢西沉。

「柚莉亞，太陽下山了，夕陽好漂亮，對不對？」

人在消沉的時候，夕陽會進入內心空虛的空間，這種時候，人就會被夕陽所吸引。

那是一個充滿寂寥的黃昏。

柚莉亞應該不會記得那一天的事，但是，我應該一輩子都不會忘記那年夏末，和柚莉亞兩個人看到的巨大夕陽，也忘不了那片火紅的顏色。

把疾病奮鬥記也寫進去

有一天，我提出一個建議。

「晃子，在疾病奮鬥記的部分，可以把妳寫在筆記本和記事本上的內容也寫進去。」

「這些嗎？都是一些生活瑣事，只是記錄每天的生活，而且都是情緒發洩。」

她說的沒錯。很多內容不成文，只有簡短的句子。

但我反而覺得這些瑣碎的句子，可以更眞實地傳達晃子在當時的想法。包括因爲化療的副作用，導致思考麻痺的時候在內，眞實的晃子就在眼前。有時候，也不免出現絕望的字眼。

「我不想寫很多疾病奮鬥的痛苦，因爲我希望柚莉亞長大以後看這本書，如果書中有太多情緒化的字眼，她可能會討厭我，我不希望這種情況發生。」

「我能理解妳的擔心，但是，當柚莉亞長大以後，想要瞭解媽媽時，看到妳和疾病奮鬥的過程，會發現『啊！原來媽媽是帶著這種心情生下了我，爲了生下我，不惜奉獻自己的生命。而且，在寫這些文字時，也時時刻刻想著我，即使那麼疼痛，仍然為我而寫。』」

晃子在思考之後，同意了我的提議。

我立刻和山下先生商量，他似乎原本也沒有考慮要把疾病奮鬥記寫進這本書，一開始有點猶豫。

「想要讓這本書在書店銷售，目前的文字量不足。況且，晃子目前的身體狀況，很難再要求她補充新的內容。我希望能夠用晃子的語言，讓柚莉亞知道，臥病在床的晃子是帶著怎樣的心情生下她，又是抱著怎樣的心情寫下這些文字。」

我用這三點說服了他。目前，我們手上只有筆記、記事本的疾病奮鬥日記，以及晃子錄在錄音帶中的聲音。

兩盒錄音帶

為了成全晃子想要讓這本書在書店銷售的心願，我決定用疾病奮鬥記補充不足的頁數。

「晃子，如果要把疾病奮鬥記寫進書中，必須事先徵求醫師和護士的同意。」

我手上有山下先生聽打的稿子、晃子交給我的照片，以及補充的文字。不久之後，我才知道整理這些文字的工作，對山下先生造成了很大的精神負擔。尤其從錄音帶聽寫的工作，給他帶來了很大的痛苦。

日後，我在亞馬遜的讀者感想中看到了山下先生留下的文字。

《請照顧我女兒》……一本令人湧現無窮力量的書　BY瓦庫洛3

「如果我身處相同的立場，能不能清楚地說出內心的想法？」

這本書的作者已經無力握筆，由我代為聽打、整理她錄製的內容。

作者在兩盒錄音帶中，好像在寫文章似地對未來的女兒訴說一個冷靜而堅強的母親要說的話。

聽那兩盒錄音帶時，我不禁佩服不已。即使我身處和作者相同的立場，我也無法做到像她那樣。我一定會被疾病帶來的疼痛和治療的痛苦壓倒，無法條理清晰地訴說。

有一天，當我開始播放錄音帶時，我開始無聲地啜泣。我無法再整理那些文字。

我哭了好幾分鐘。錄音帶中傳來作者帶著哭泣的吶喊：「我不想死，我想活下去，我不想死，我想和家人一起生活。」

我無法記錄這些文字。除了她以外，沒有人能夠瞭解她在夜深人靜的病房，獨自對著錄音機的孤獨和恐懼。雖然沒有人能夠瞭解，但當我專注地聽著錄音帶時，我感受到了，如果我不告訴自己：「這是工作！」就無法繼續做下去。我咬著牙對自己說：「這是工作！」繼續整理這些文字，但眼淚卻不停地流。

我重聽了好幾次，一次又一次地聽了我想要逃避，也最不想聽的部分，確認沒有遺漏任何一句話。如今，書已經出版，每次看到那個部分，就會喚起我內心的恐懼和孤獨。

作者至今仍然躺在病床上，思考著和家人相處的時光，度過每一天。

雖然這是作者爲女兒所寫的書，但讀者也可以從另一個角度閱讀這本書。她無法靠自己的力量離開病床，但她憑著「想要和他人分享」的意志，運用周圍的力量，完成了這本書。這是一本神奇的書，充滿了強烈的意志，更可以爲讀者帶來力量。

我把當時的錄音帶燒成了CD，分別送給里奧涅德先生和晃子的母親，每次接受電視採訪，都使用了這些錄音帶。無論聽多少次，晃子悲痛的聲音總是深深刺痛我的心。

「媽媽不想死，不想死！」

晃子在我面前從來沒有表現出脆弱的一面，總是保持平靜。這是我第一次，也是最後一次聽到晃子的吶喊。她的吶喊寫在她的書裡，但她的母親和我，直到最後一刻，都不曾從她口中聽到這句話。

2007.6.29　母

晃子的左腳疼痛情況似乎很嚴重。她擔心是腫瘤變大，是不是非要做化療不可。該怎麼辦？該找誰商量？

七月之後，校對工作仍然持續。晃子每次都用紅筆修改，並提出想要增加哪些照片。她幾乎都在深夜處理這些工作。當時，晃子開始使用嗎啡貼片止痛。白天的時候，她可以見到柚莉亞，也可以和里奧涅德先生聊天，她都會使用止痛藥抑制疼痛。夜深人靜時，或是住院期間，母親和里奧涅德先生回家後，她才開始校對。也因爲這樣的關係，如她母親在紀錄中曾經提到的，她上午總是睡得昏昏沉沉，連說話的力氣也沒有。她母親很久之後才知道她在寫書。

「因爲我在的時候，晃子從來沒有寫什麼東西，所以我一開始並不知道她在寫書的事。原來她都是在半夜工作。」

我和晃子幾乎都是用電子郵件聯絡。如果是簡單的內容，就發簡訊，如果要討論照片和篇幅較長的文章內容時，就用電子郵件。我保留了當時和她往來的電子郵件。

2007.7.28 9:47　田島

早安。

我收到照片了。

看到妳的精神比我想像中好，鬆了一口氣。
我等一下要出門，晚上會把妳之前提到要補充的項目傳給妳。
我覺得應該可以成功。請妳多吃點桃子，讓身體狀況變得更好。

2007.7.29 6:55　田島

早安，今天是星期天，妳在家裡嗎？抱歉，這麼晚才把補充項目傳給妳。
讀書　學校・老師　身爲姊姊的詛咒　金錢　秘密和謊言　十幾歲－經驗
二十歲後－可能性・夢想・現實　男朋友　菸酒・毒品　責任
電視（兒童節目吧）　書　音樂　電影　小權　語言（Language）競爭
就是以上這些。內容很不錯，請妳在體力能夠承受的範圍內補充。
無論妳想嘗試什麼，我都會全力支持，妳不需要當好人，當好人其實就是自我忍耐。爲所欲爲或許會造成其他人的困擾。
無論在任何時候，都不妨捫心自問一下，只要有想要去做的強烈決心和信念，周圍的人總有一天能夠理解。妳是病人，妳可以任性，可以給周圍人添麻煩。現在最辛苦的不是別人，而是妳。

2007.7.3　母

很多人都說晃子「很會忍耐」。她從小就忍耐了很多事，我原本希望她獨立，所以從小嚴格教育她，難道是因爲她太自我克制，所以才會生病嗎？我很心痛，淚流不止。

2007.7.5　母

接受了《西日本新聞》福間先生的採訪，他也很佩服地說：「她眞堅強。」晃子眞的很堅強，堅強得令人難過。

拜託Lily Franky先生

從池田手上接過編輯工作之前，晃子曾經和池田討論過一件事。

「晃子說，希望書中可以增加插圖和空白頁，可以在上面寫字。她想請Lily Franky先生幫她畫插圖，這根本不可能吧？」

「嗯，Lily先生是目前最暢銷的作者，一定很忙。我會向晃子瞭解她的想法。」

這個想法的確很魯莽，但我之前曾經數度請名人在書腰上寫推薦語。當時，我還沒有開出版社，只是一名自由編輯，那幾位名人都是作者的朋友，或是聽過出版社的名字，但這次的情況完全不同，是「沒沒無聞的作者和沒沒無聞的出版社」。

但我不想在嘗試之前就放棄。

我向晃子確認了她的想法。

「我是Lily Franky先生的書迷，之前看了他的《東京鐵塔：老媽和我，有時還有老爸》，受到很大的激勵，母親全心付出的愛帶給我很大的勇氣。」

「好，那我們寫一封電子郵件給Lily Franky先生，最近很多名人都會提供電子郵件信箱給粉絲，雖然寫信的方式最有誠意，可惜不知道他的地址。」

我們有了共同的夢想——要請Lily Franky先生爲這本書畫插畫或是寫推薦語。

即使覺得不太可能，但還是想要挑戰一下。這是晃子和我共同的想法，那時候，我們做夢都沒有想到這個夢想會成眞，只是希望可以成眞。

2007.7.4 22:00 特列寧

給Lily Franky先生的信。

在我發出去之前，可不可以請妳過目一下？謝謝，麻煩妳了。

………………………………………………

想請您畫插畫……

很抱歉，突然寫這封電子郵件給您。我是住在福岡的三十五歲家庭主婦。我躺在病床上發這封電子郵件。

我在前年懷孕時發現自己罹患了癌症，目前只能坐輪椅，和家人共度所剩不多的時間。我女兒還很小（一歲五個月），我有很多話想要告訴她，所以想把這些話寫成一本書，目前正在動筆撰寫。

我有一個不情之請，可不可以請您爲我的書畫插畫呢？我會很快將稿子寄給您，將有助於您瞭解這本書的內容。

這本書將由福岡的一家小型出版社出版。

生病之前，我從來不曾想過自己會寫書。我很喜歡看書，在學生時代，就很喜歡看您寫的散文和文章。拜讀您的大作《東京鐵塔：老媽和我，有時還有老爸》時，我懷了我女兒，剛好那時候害喜，所以看您的書時，我號啕大哭。

所以，當我寫這本書時，很希望由自己最愛的作家畫插畫，才鼓起勇氣，冒昧寫了這封電子郵件。

這本書是我想要告訴我女兒的話，內容從整理的要訣到性生活的話題都有。我希望這是一本「實用書」，而不是看看而已的休閒書。我想要在書中設計空白頁，讓小孩子可以寫一些心情紀錄，我擅自想像如果能夠邀請到您爲空白頁和封面畫插圖，將會發揮畫龍點睛的效果。

剛開始寫這本書，我只是想留一點東西給女兒，但最近我漸漸發現，其實是讓我自己逐漸接受突如其來的現實。

我將本書的稿子同時寄給您。如果能夠獲得您的贊同，將是我最大的榮幸。

我目前正在寫剩下的稿子。現在幾乎已經很難握筆，都是用口述的方式。希望這本書能夠在夏季問世。　特列寧・晃子

2007.7.12 11:33　田島

聽說妳又住院了，我很擔心妳的身體。寫給Lily先生的電子郵件，要不要由我代妳寄出？進入治療的療程後，這段時間妳會很辛苦，可以面會時，請妳通知我。多保重，保持聯絡。

2007.7.12 21:41　特列寧

身體狀況不太理想……。下個星期就要進入療程，寫給Lily先生的電子郵件無法同時用夾帶附檔的方式寄出，可不可以麻煩妳查一下他的地址？查到之後，再麻煩妳把我的信列印出來，一起寄過去，好嗎？不好意思，麻煩妳了。

2007.7.12 22:45　田島

我想應該能查到他的地址。查到之後，我會立刻把信寄給他。

颱風要來了，但妳在醫院應該很安全。這幾天，我會去看妳。眞希望治療後，可以稍微減輕一點症狀。晚安。

我在查Lily Franky先生的聯絡方式時，幸運地發現，那一年的福岡書城（以「把福岡打造成一個書城」爲宗旨，爲期一個月的活動）的「大推文庫博覽會」特製書套上，使用了Lily Franky先生的插畫。我立刻打電話給負責和Lily Franky先生聯絡的藤村興晴先生（石風社）。

「不瞞妳說，我們也只知道和他聯絡的傳眞號碼。」

「傳眞號碼就可以了，可不可以順便告訴我聯絡人的名字？」

因爲這樣的巧合，我得以把拜託信件傳去Lily先生的事務所。

Lily Franky先生（聯絡人　池田先生）惠鑒

恕我冒昧寫這份傳眞。

我在福岡經營一家小型出版社。目前正在製作一本書，因作者的要求，冒昧傳眞給您，同時附上該作者的信，請您過目。

這個傳眞號碼是我向在福岡書城活動中，和您合作的石風社藤村先生打聽到的。

二〇〇七年七月十七日田島安江

我誠惶誠恐地先寄了一封傳眞給Lily先生，希望能夠傳達晃子的心意，這是我唯一的武器。我向來不敢打電話給剛認識的人，但寫信和傳眞時就可以稍微大膽一點，也敢稍微積極主動一點。

Lily Franky先生（池田先生）惠鑒

不好意思，再度叨擾。

報紙上刊登了我在七月十七日的傳眞提到的特列寧女士相關的消息，所以冒昧再度傳眞。

目前，她正在化療，治療過程很痛苦。

不知是否可以告知貴事務所的地址？我想把稿子寄給您過目，很希望能夠滿足她的心願。

二〇〇七年七月二十一日　田島安江

兩天後，我接到了Lily Franky先生的事務所打來的電話。

「Lily先生現在很忙，無法幫忙畫插畫。因爲他是插畫家，如果要畫插畫，會很費時，也必須確認設計方面的問題，他應該抽不出空，但或許有可能寫推薦語。請妳把原稿和能夠瞭解這本書內容的企畫、出版時間表一起寄過來。」

Lily Franky先生（池田先生）惠鑒

感謝您不計較我們的冒昧請求，來電通知我，感恩不盡。我即刻將原稿寄出。

特列寧女士希望再增加一些內容，目前正在著手進行，但其實她和我都知道，以她目前的身體狀況，恐怕沒有能力繼續寫稿，因此，會先出版她已經完成的部分，等她身體狀況改善後，再補充新的內容。

附上的兩張書腰是我以前當編輯時，製作其他出版社的書籍時的樣本。如果有幸邀您在書腰上寫推薦，將是我們極大的榮幸。附上出版日期的計畫，我們希望能夠在盂蘭盆節前落版。

請您務必答應我們的請求。

容我贅言……

和特列寧女士聊天時，她說過的一番話讓我久久無法忘懷。「柚莉亞太可愛了，無論我再痛苦，身體再不舒服，從來沒有對她發過脾氣。所以，我無法相信有人會打罵小嬰兒。」

特列寧女士的疼痛症狀很嚴重，當柚莉亞爬上她的床，坐在她身上時，她其實很痛……。但她都咬著牙忍耐。我很希望這本書能夠讓家有兒女，或是以後將生兒育女的年輕媽媽瞭解「生命的可貴」。

二〇〇七年七月二十三日　田島安江

我把這本書的企畫案和時間表傳眞到Lily Franky先生的事務所後，把稿子用郵寄的方式寄出。

我和Lily Franky先生的窗口池田先生通了三次電話，池田先生很關心我方的狀況，好幾次都提到：

「你們的時間很趕吧？」

《東京鐵塔》創下百萬銷售量後，Lily Franky先生聲名大噪，工作滿檔。

「我不知道他有沒有時間寫，他在盂蘭盆節結束後，可能會有一小段時間。如果他沒辦法在那個時間完成，恐怕就要對你們說抱歉了。萬一他寫了，會用傳眞寄給你們，不過，請你們不要抱有太大的期待。」

只要Lily Franky先生願意看這本書的稿子，我就心滿意足了，讓他瞭解晃子的想法就足夠了。

2007.7.24　11:01　田島

特列寧・晃子，身體情況怎麼樣？

昨天，我已經把書稿寄給了Lily先生。

Lily先生很忙，八、九、十月在日本的時間很短，但他說，或許有機會爲我們寫推薦語。請妳再耐心等待，我打算星期五晚上，和山下先生一起去看妳。

希望到時候妳的身體狀況會改善。

妳改稿的內容除了人名以外，幾乎都可以看懂。保重，保持聯絡。

2007.7.25　19:05　特列寧

謝謝。我難過得想死。不好意思，麻煩妳了。

開始在《西日本新聞》連載

七月，《西日本新聞》開始連載晃子的故事，獲得很大的反響，電視台也很快注意到她。雖然當時難以置信在書出版之前就有報紙連載她的故事，但事後回想起來，覺得那是必然的發展。

在報上連載晃子的故事，也是水到渠成的發展。我有幾個記者朋友，不時邀我：

「要不要去喝咖啡？」

有一天，我和當時在《西日本新聞》擔任文化部長的井口和久先生一起喝咖啡。

「妳對最近的生活版有什麼看法？」

「什麼叫有什麼看法？」

我並沒有太關心生活版的內容，所以答不上來。

「照理說，我們報紙的生活版應該報導一些深入眞實生活的內容，比方說，育兒的問題。不知道有沒有可以更打動人心的題材，田島小姐，妳有沒有準備出什麼有趣的書？」

「嗯，我目前在做的書不能算是有趣，卻討論了很重要的課題。作者在懷孕時發現自己罹患了癌症，她必須在要生下孩子，還是先治療中做出痛苦的選擇。她覺得自己可能不久於人世，所以想寫一本書留給女兒。她經常說，小孩子那麼可愛，她無法理解那些打罵小孩、虐待小孩的父母的心情。」

井口先生聽了，表情立刻不一樣了。

「田島小姐，可不可以給我看一下稿子？」

「稿子還沒有完成，我也要徵求當事人的同意。況且，《西日本新聞》的山下先生也參與了這本書的製作。」

我為這件事徵詢山下先生的意見，他說書還沒有完成，而且晃子的身體狀況也不理想，對採訪一事面露難色，但晃子親自答應了採訪的事。晃子很有挑戰精神，只要是力所能及的事，她都願意挑戰。

由福間愼一先生撰寫的〈給年幼的柚莉亞〉刊登在「養育」系列第四輯，包括預告在內，從二〇〇七年七月二十一日至八月二日，總共連載了八次。報導刊登後，引起了很大的迴響，讀者不斷寫信激勵晃子。福間先生藉由晃子的話告訴讀者。

TO：台北市106大安區羅斯福路二段95號4樓之3

電話(02)23696315　傳真(02)23691275

廣　告　回　郵
北區郵政管理局登
記證北台字1764號
免　貼　郵　票

大田出版有限公司 編輯部 收

【寫信給柚莉亞　ゆりちかへ】

FROM：

寫下你想對柚莉亞說的話，我們會將你的明信片寄給在日本的柚莉亞。

「只要出聲呼喚，家人永遠都在身旁。」

我們是不是遺忘了這種感恩之心，以爲像空氣般理所當然。

的確，晃子在書中理所當然地寫了理所當然的事，她對柚莉亞說的話，就像對眾人說的話。福間先生在完成連載後，立刻調職去了長崎。

連載刊登後引發了很大的效應。由於書還需要一段時間才能完成，因此，在連載時，我希望暫時不提出版社的名字。沒想到，有一天接到了九州朝日電視台的年輕記者中村淳子小姐的電話。

「《西日本新聞》報導的特列寧・晃子女士所寫的書，是由你們書肆侃侃房出版吧？我們打算採訪你們，不知道你們願不願意？」

「咦？報上沒有刊登出版社的名字啊，妳是問報社的嗎？」

「不是，報社不肯告訴我，但我在網路上搜尋到一個部落格，格主提到了和特列寧・晃子見面的事。」

沒錯，在當今的時代，只要在網路上搜尋，一定可以找到線索。她寫了一封信，希望我務必轉交給特列寧・晃子。

在酷暑季節展開編輯作業

照理說，酷暑會導致體力衰退，但晃子繼續進行校對和執筆工作。

2007.8.4　0:25　田島

晃子，妳好，我是田島。最近身體情況怎麼樣？

報紙的連載結束後，福間先生調職離開了，真令人難過。我們齊心協力，一起做一本好書！稿子的進展如何？我會在十日晚上去看妳。

P.S.也許妳已經知道了，池田雪在今天，正確地說，是昨天生了一個女兒。

對不起，這麼晚寫電子郵件給妳。

2007.8.4　0:33　特列寧

她生了女兒嗎！哇，恭喜她！

我正在寫稿。十日等妳來，對不起，給妳添麻煩了。身體狀況不太理想，白血球的數值一直升不上來。

不久之後，ＮＨＫ的導播小川海緒先生看了報導，也提出想要採訪。他之前曾經駐ＮＨＫ的鹿兒島支局，他在鹿兒島時，曾經很照顧他的前輩看了報導後，打電話給他說：

「這是你的工作，你去採訪一下。」於是，他在調查後，打電話和我聯絡。

2007.8.10　14:50　田島

妳的身體狀況怎麼樣？我會搭晚上七點半的特急快車，應該八點多會到。山下先生說，會盡可能和我同行。那就晚上見囉。

2007.8.14　23:33　田島

晃子，盂蘭盆節時，妳有回家嗎？那天留到很晚，不知道有沒有影響妳？

看到妳無法進食很擔心。是因爲噁心吃不下嗎？希望妳多少可以吃一點。盡可能找一些想吃的東西。

書的封面設計將委託已經回東京工作的設計師柳本茜小姐，如果妳具體中意什麼設計，記得告訴我。

我有稍微提了一下俄羅斯娃娃。我和她約在二十日，在東京見面。再聊。

2007.8.15　11:01　特列寧

田島小姐：我終於可以回家了，回家眞好。十七日要回醫院，時間好短……。

設計師一事謝謝妳。不知道是怎樣的設計師？好期待。我今天會把我中意的設計傳給妳，再麻煩妳了。

2007.8.15　17:24　田島

晃子，我是田島。

妳可以回家了嗎？眞爲妳高興。妳食慾還好嗎？這麼快就要回醫院了嗎？柚莉亞一定很捨不得。

請妳期待設計師設計的封面。柳本小姐是書籍裝幀設計師，之前一直在東京，曾經有一小段時間在福岡工作。我將去東京當面拜託她。她做的書親切溫和。

晃子，請妳把妳喜歡的設計樣本告訴我。我會上亞馬遜看，妳只要告訴我書名和作者名字就好。只要告訴我大致的感覺就好。

啊，還有，書名光是《親親柚莉寶貝》可能會讓讀者抓不到重點，所以決定加一個副標：「媽媽留給妳的話」。（編注：此為日文原書名，特此保留）

山下先生已經把稿子都打好了。

我二十一日去看妳時，妳還在醫院嗎？有沒有找到以前玩樂團時的照片？希望我去的時候可以借用一下。

對不起，和妳討論這麼多細節問題，妳不必馬上回答我，也不必一下子全部回答。慢慢來。

希望妳這幾天快快樂樂地陪柚莉亞。

用明亮的色彩裝幀

在決定書腰的問題之前，裝幀的問題要解決。封面設計的重點是凸顯「母親給女兒的禮物」，希望讀者也能夠從封面設計中感受到這份母愛。

晃子交給我的三種顏色藍、綠、黃都很鮮明，她從班尼頓的型錄上撕下來作爲樣本。「我很喜歡班尼頓的顏色，很明亮，我平時都在網路上幫柚莉亞買衣服，所以會蒐集型錄。」

有時候我去見晃子時，她剛好收到網購的衣服。晃子想像著柚莉亞長大的樣子，現在就開始爲她準備。

2007.8.17　特列寧

我在「本棚.org（書架.org）」上找我喜歡的設計。看了不少封面，我喜歡清爽的感覺。至於顏色，我喜歡黃色和灰色，或是綠色、深藍（藍色）的搭配。麻煩妳了。

2007.8.17　3:18　田島

晃子，這幾天有沒有食慾？這麼晚了，妳還沒有睡。

我已經轉寄給設計師了。我明天要去東京，但會每天看信箱，如果妳想到什麼，隨時告訴我。我二十一日會去看妳，

上次和妳提到的ＮＨＫ的小川先生也會同行，我們差不多四點左右到。請妳在前一天告訴我是在家裡，還是在醫院。

多保重。

晃子挑選出「我想要這種感覺」的封面設計，都是色彩明亮的簡單設計，可以感受到她不希望這本書成爲「疾病奮鬥記」的想法。

2007.8.20　22:48　田島

晃子，晚上好。

之後的情況怎麼樣？有沒有吃東西？

我剛出差回來，明天四點左右去看妳。我打電話到醫院，護士說妳回家了，所以我

明天去妳家。NHK的小川先生兩點左右到，我們三點可以搭上電車，四點之前可以到妳家。

我會把封面設計和校對稿一起帶去，目前已經設計了幾款封面，但只是初稿而已。明天見。

2007.8.20　23:25　特列寧

晚上又回到醫院了，明天請妳到醫院來。病房和上次一樣，都是三一一。我把之前樂團的照片帶來了。明天就麻煩妳了。

2007.8.21　0:05　田島

晃子，妳好，我是田島。原來妳在醫院。我知道了，那我去醫院找妳。有沒有要我買什麼帶去給妳的？

2007.8.21　0:09　特列寧

我想吃三越百貨地下室聘珍樓的肉包子！

2007.8.21　0:12　田島

好。我會去買。太好了，終於有想要吃的東西了。如果想到其他事，再和我聯絡。我應該會搭三點的特急電車。

2007.8.21　0:15　特列寧

麻煩妳了，不好意思，讓妳破費……。明天見。

來自Lily Franky先生的禮物

八月二十一日，盂蘭盆節結束的那一天，我剛好在公司。傳眞機發出「嗶」的聲音，收到的B4紙上用大字體寫的推薦語。我忍不住心跳加速，啊，Lily Franky先生爲我們寫了推薦。也許從那一刻開始，這本書的奇蹟就已經開始發酵。

偉大而有力的愛情呢喃。
溫柔而充滿笑容的言語。
沒有悲傷，只有清澈的呼吸。
母親和女兒之間無可取代的故事。

Lily Franky

我在看這幾行字時，淚水奪眶而出。因爲我覺得能夠打動Lily先生這一點關係重大。Lily先生願意成全一個素未謀面的人的心願，眞是太了不起了。池田先生很關心晃子的身體狀況，他還說：「推薦語用打字的，但簽名可以直接使用。」

Lily Franky先生（池田先生）惠鑒

早安，還有，謝謝。

感謝您爲這本書量身打造的推薦語。

我在看的時候，眼淚就忍不住流了下來。

您的推薦來得太及時了，

今天下午，我要去見特列寧・晃子。

她在盂蘭盆節時回家住了幾天，目前又回到了醫院。

今天會決定使用哪一個封面，屆時會請您過目確認，明天應該可以寄出，如果希望PDF檔，可不可以請教您的電子郵件信箱？

眞的萬分感謝。

眞心誠意地向您道謝！

二〇〇七年八月二十一日　田島安江

我立刻帶了傳眞去見晃子，晃子欣喜若狂。

「Lily先生真是大好人，想到真誠可以打動別人，真的好開心。」

晃子露出了笑容。那天，晃子始終很興奮，我們都忘了自己目前所處的狀況。

不久之後，晃子收到了NHK小川先生的電子郵件。

2007.8.24　13:30　我是NHK的小川海緒

特列寧・晃子女士

日前長時間打擾，萬分感謝。聽田島小姐說，妳昨天回家了。

我看了妳寫的稿子，發現妳即使回到家，既有歡樂，也有痛苦，尤其隨著柚莉亞的成長，會有很多辛苦，當然也會有更多的快樂。

總之，相信妳正在享受目前的「家人歡聚時光」。

昨天收到稿子後，我已經全部看完了，其中充滿了妳想要對柚莉亞說的話，也不時提到妳的丈夫里奧涅，我覺得書中的內容不僅是妳要對柚莉亞說的話，更是想要對家人說的話。看了妳的文字，讓我再度感受到平安的生活多麼可貴。

同時，我也開始思考，該用怎樣的方式在新聞節目中介紹，對妳的家人最理想。聽說妳的書將在九月底上市。因此，時間上還比較充裕，我打算好好規劃一下。

還有另一件事，之前我也曾經提到，節目可以在書出版前播出。但我擔心如果搶先播出，或許會讓觀眾覺得，這是身爲母親很普通的感受，只是因爲母親罹患癌症……用特殊的眼光來看妳。

妳又回醫院做化療了嗎？那就等化療告一段落後安排錄影……我會再和妳聯絡。

不好意思，寫了這麼長的內容。

NHK導播　小川海緒

我很同意這位導播的想法。大部分讀者都覺得末期癌症的母親與疾病奮鬥這件事更能夠感動人，所以，通常會把重點放在這個部分。但這和晃子的想法有出入。在製作電視節目時，如果把焦點放在這件事上，似乎有點不太妥當。

晃子和我都希望只是輕描淡寫地提及疾病奮鬥記的部分，有很多人都在對抗末期癌症，但晃子看似很輕鬆地進行別人無法做到的事。晃子了不起的地方，在於她帶給大家的啓示。她和其他眾多疾病奮鬥記的不同之處，在於她寫下的是「給未來的話」。晃子想像著逐漸成長的柚莉亞，寫下了對未來的柚莉亞說的話。

身爲編輯也一樣，如果只有疾病奮鬥記，無論對作者和讀者來說，都太沉重了。我認爲對這本書來說，明亮色彩的運用和流暢易讀的文字特別重要。

利用化療的空檔校對

2007.8.23　1:15　特列寧

今天非常感謝。

我已經補充了「媽媽的疾病奮鬥記2」的部分，這次不是用傳眞，而是用電子郵件傳給妳。

再麻煩妳了。

……………………………………………

五月三十日（三）出院

放射線治療到今天結束了。這一次，媽媽三月底開始住院，所以，治療的期間相當長。去年一月開始，爲時七個月的抗癌劑治療才剛結束，正準備逐漸恢復正常生活時，沒想到再度復發、住院，所以，剛住院時，媽媽的心情很沮喪，因爲離開妳和爸爸的住院生活很痛苦。

不過，今天總算暫時告一段落了。治療結束後，就可以暫時回家住一段時間。（雖然三個星期後，又要回來醫院……）

所以，等媽媽辦完手續就可以回家了。妳要等媽媽喲。

住院這段時間，媽媽的身體變得很虛弱，兩隻腳也無法像以前一樣自由活動，或許無法像以前一樣抱妳，無法爲妳換尿布，無法餵妳吃飯，但媽媽會在外婆和爺爺的協助下，力所能及地扮演好媽媽的角色。

同時，媽媽由衷地希望癌細胞不要作亂，慢慢惡化，讓媽媽可以盡可能多陪伴在妳和爸爸身邊。

2007.8.26　20:09　特列寧

我還在家裡，醫院叫我明天去……，我打算中午去醫院。

稿子收到了，謝謝，我會挑好照片。關於校稿，可不可以請妳下次來的時候，把我之前改過的稿子和補充的部分帶來？我不記得全部的內容……。不好意思，拜託妳了。

2007.8.27　19:55　田島

我知道了。妳回醫院了嗎？因爲要做一些準備工作，我可能會明天下午才到妳那裡，沒問題嗎？

2007.8.27　20:46　特列寧

明天沒有問題。我昨天吃壞肚子，沒什麼食慾。我已經決定要用哪一張照片，但還沒想好要放哪裡。

校對也還沒有完成。對不起。

2007.8.28　11:10　田島

小心別累壞身體。

如果妳希望明天，那我就明天去看妳。

目前以八月落版爲目標，但妳的身體狀況最重要。

妳現在正在做檢查嗎？妳的肚子沒問題了吧？

2007.8.28　18:43　特列寧

我換了病房，換到三一三了。

在編書過程中，決定使用哪一種紙張，需要一種決斷力。因爲福岡的紙張短缺，會影響印刷時間。福岡和東京不同，紙張的種類很少，如果想要使用特殊紙張，通常會花很多時間，延長製作時間，但考慮到最後呈現的效果，當然不願意草草了事。

2007.8.29　11:53　特列寧

昨天謝謝妳。

今天在白天的光線下看了之後，決定封面採用昨天說的深黃色。

至於紙張，不要用書籍用紙，我想改爲看起來很乾淨的未漂白紙，麻煩妳了。

今天下午，我先生會來醫院，我可以請他看了之後再回覆嗎？

2007.8.29　12:21　田島

妳會不會累？不好意思，昨天和妳討論到那麼晚。

紙張的事，下午再回覆我沒有問題。我等妳的消息。

2007.8.29　14:23　特列寧

我請我先生看過了。決定不用書籍用紙，全部改成看起來很乾淨的未漂白紙張。原本說有一張要用白色，現在也改成未漂白紙。麻煩妳了。

2007.8.29　14:41　田島

好，我知道了。那就全部用未漂白紙。扉頁再另外決定。封面用深黃色，就是妳之前列印的那個顏色，可以嗎？書腰的顏色就用妳之前色校時剪下的顏色，沒問題嗎？

2007.8.29　18:38　特列寧

麻煩妳了。

我們在醫院、晃子家中和透過電子郵件進行的編輯會議決定了最重要的事。事後我才知道，當時，晃子的症狀已經惡化得相當嚴重，但她在電子郵件中從來沒有表現出絲毫的脆弱，只是針對編務工作進行實務上的討論。

Lily Franky先生（池田先生）惠鑒

感謝您日前的鼎力相助。

設計問題始終沒有結論，昨晚終於決定了封面的設計，特此寄上。不好意思，拖延了這麼久。

請您過目。如果有需要修正的地方，請與我聯絡。

目前，特列寧女士開始接受第二個療程的化療，幾乎沒有力氣。

等她身體恢復後（大約一週後），再請她最後一次校對，確認後，就會付梓。

目前預定九月二十日左右完成。請多關照。

二〇〇七年八月二十九日　田島安江

在校稿空檔接受電視採訪

2007.9.5　1:38　特列寧

妳下次什麼時候來？

ＫＢＣ的一位小姐說要在七日下午兩點來看我，我擔心和我們討論的時間重疊，所以打算問妳的時間後再回覆她……。

2007.9.5　23:19　田島

我目前在東京，明天一大早會回去。回去後，會再和妳聯絡。

我打算七日下午去向妳拿校對稿。就是上次那位ＫＢＣ的小姐嗎？我和她一起見面也沒有問題。這個星期妳都會在醫院嗎？

2007.9.6　20:01　田島

色校已經全部拿到了，所以我打算明天下午兩點多去看妳。妳還在醫院嗎？

室。

2007.9.6　20:03　特列寧

對，我在醫院。KBC的人兩點來，那就麻煩妳了！

那一陣子，我們用電子郵件頻繁聯絡，通常都是從傍晚到深夜，簡直變成了聊天室。

雖然晃子利用治療的空檔校對，但她校對很細心、細膩，很多地方都改得恰到好處。我經常向她確認很多問題，她每次都立刻詳細回覆。九月十日星期一，請山下先生確認後，也接到晃子最終OK的回覆，終於順利落版。

新書即將完成

晃子和我在編書的同時接受電視採訪，所以都開始感到疲憊。之前曾經連續幾天接受採訪，也曾經聽說了電視採訪的辛苦。錄影時間很長，但播放出來只有幾個鏡頭而已。聽說是因爲電視採訪時，會預先拍下所有能夠想到的畫面，再進行剪輯。

考慮到晃子的身體狀況，我們決定減少電視採訪的數量，但那時候已經接受了幾家電視的採訪。

新書出爐的日子一天一天近了。

2007.9.13　19:25　田島

NHK的小川先生打電話給我，

他計畫下週採訪。另外，《西日本新聞》的酒匂純子小姐打算介紹妳的書。她應該是接福間愼一先生的工作。

書將會在二十一日入庫。

我擔心會增加妳的身體負擔，所以，和她約定書出來後，我送書給妳的時候，和她一起去。我打算二十一日中午過後去看妳，到時候再談。我去之前，還會再和妳聯絡。

新書終於出爐

終於到了九月二十日，新書入庫的這一天。初版兩千本。按照當初的約定，由晃子支付印刷費。當時，還完全不知道這本書會暢銷，每賣出一本書，她才能拿到版稅。當兩千本賣完之後，之後的製作費用完全由我的出版社支付。因爲晃子當初要求自費出版，所以，很希望能夠多賣一本，減輕她的經濟負擔。

雖然我們一再拒絕，但還是有電視台要求在我送書給晃子時同行，拍下那一幕。

「要我看到她的時候說，『書印好了！』嗎？這樣感覺很假。」

「不，這樣才完整，看電視的人也會知道原來書已經印好了。」

我們爲這個問題交涉了很久，最後只好勉爲其難地答應，電視台人員說，重點是拍晃子看到書時高興的樣子，而不是出版社的人。於是，我決定翌日去晃子家。

2007.9.20　0:12　田島

不好意思，這麼晚寫電子郵件給妳。

之後的狀況還好嗎？明天二十日，書會入庫，我打算在傍晚之前送到妳手上。

《西日本新聞》的酒匂小姐後天去拜訪妳。

聽說KBC又來採訪了，說明天也要採訪……，要拍我送書到妳手上的那一幕。我也做好了心理準備。

我東京朋友的電視採訪企畫已經獲得核准，明天我再告訴妳詳細的情況，據說他們會花時間慢慢拍，想要製作一個好節目。

明天我會先把書送去給山下先生，之後再去找妳。我去之前會通知妳。

2007.9.20　13:29　田島

書已經印好了，敬請期待。

今天大約四點可以去妳那裡。

我帶著剛印好的二十本書去了晃子家。這本書做得很棒，黃色封面和黃色書腰都一如預期，因爲上了光，看起來更明亮，更閃亮。

那是一個秋高氣爽、金風颯颯的日子，走出車站後，覺得沿途格外遙遠，我想要趕快看到晃子欣喜的表情。走在陽光下，微微滲著汗。走到晃子家門口時，我鬆了一口氣。

叮咚。我按了門鈴。

「請進，我們正在等妳。」

晃子的母親爲我們開了門。柚莉亞看到電視台工作人員，笑容立刻僵住了。

「柚莉亞又緊張了。」

「晃子，書印好了。」

一走進玄關，我立刻忘記了攝影機的存在，走到晃子的床邊。

「晃子，終於完成了。」

「哇，太謝謝妳了。顏色好漂亮，我選黃色果然是對的。」

「柚莉亞，這是妳的書喔。」

「妳看，這是誰？」

晃子在柚莉亞面前打開剛印好的書，柚莉亞爬到床上，探頭看著書。

一打開書，立刻飄來油墨和紙張的味道。無論做多少本書，這一瞬間總是令人雀躍，令人溫暖。

「新書的味道眞好聞。」

「對啊，如果是自己的書，感覺更不一樣。」

「啊，我眞的完成了自己的書，我至今仍然無法相信。」

「晃子，妳做到了。」

我眞的感到滿足。晃子回想起當初寫稿的辛苦，以及一直寫、一直寫，卻看不到盡頭的焦躁。

「沒想到寫一本書這麼難，看別人的書時，從來不會考慮這種問題，沒想到自己寫書時，有這麼多煩惱。」

「但我覺得妳寫得很順啊。」

我們聊著天，看到晃子開朗的笑容，內心不由得鬆了一口氣。晃子的母親也把書中的內容唸給柚莉亞聽。

2007.9.20　20:57　特列寧

今天太感謝了，這本書在亞馬遜也可以買到嗎？

2007.9.20　21:36　田島

我才要謝謝妳。採訪了很長時間，妳一定累了吧？我和柚莉亞玩得很開心。亞馬遜的網頁上已經可以預購了，原本沒有打出Lily先生腰帶上的推薦語，我已經請他們補上了。目前在亞馬遜只是預購，所以可能要再等幾天，十月初應該可以寄出。

2007.9.20　21:38　特列寧

好，我知道了。我先生看到亞馬遜有賣這本書，嚇了一跳。

謝謝！柚莉亞很喜歡兔子娃娃，一直拿在手裡玩，也很喜歡帽子，眞的太謝謝了。

2007.9.21　18:59　田島

我剛到家。如果妳的書送完了，記得告訴我。

我會寄信封和宣傳單給妳。

另外，我會把之前向妳提過的「Lily先生設計的書套」一起寄給妳，在福岡書城活動期間，只要買文庫本時就會贈送。

我會再和妳聯絡。去醫院的日子決定後，請和我聯絡。

2007.9.22　2:43　田島

不好意思，這麼晚寫電子郵件給妳，妳不必急著回覆。

電視採訪會不會造成妳體力上的負擔？日本電視台採訪一事可以慢慢來，明天我要去東京，會和日本電視台負責企畫的人見面。

做電視節目和做書一樣，只有和優秀的人在一起，才能做出高品質的作品。

山下先生大力推銷這本書。我請他把訂書的人的地址寫在訂購單上，我會在兩、三天內一起寄出去。

他說，因爲是好書，所以才敢開口叫人買。眞希望更多人看這本書。保持聯絡。

2007.9.22　2:53　特列寧

節目的事，我完全相信妳的朋友，決定交給他處理。山下先生太厲害了！太感謝了。

另外，我想寄給五個朋友，像是爲我拍了封面那張照片的朋友……，可以一起拜託妳嗎？

我收到宣傳單和信封了，Lily先生畫的書套太可愛了！

2007.9.22　8:33　田島

早安，天氣眞熱。我出差回來後，會和妳聯絡。

幫妳寄書沒問題，寄幾個人都沒問題，請妳把地址告訴我。

另外，還要寫信給Lily先生，下個星期可以完成嗎？最好能夠早一點，我去之前，會和妳聯絡。

2007.9.25　0:40　田島

我從東京回來了，這幾天的情況還好嗎？

電視節目的事，我和導播討論了，說來話長，我另外寫給妳。

妳還沒有決定什麼時候回醫院嗎？決定後，請妳通知我。

2007.9.25　0:54　田島

東京很涼快，福岡還是這麼熱。

關於電視節目的事，這個週末，日本電視台的導播加藤就一先生（我還沒有見過）、山本晴也先生（我的朋友，四十歲，離婚，有一個七歲的兒子）會和我討論。因爲一言難盡，我打算週末去妳那裡和妳詳談。先向妳介紹一下大致的情況。

山本先生找了一位他信賴的作家談這件事，對方向他推薦了加藤先生。加藤先生的哥哥也罹癌身亡，他自己也得過舌癌，但已經治癒，目前五十一歲。

目前，電視業界都想製作「好節目」，妳想要傳達的「生命的可貴，想要留給女兒的話」這些關鍵字吸引了他們。他們希望深入採訪，這個週末會來向妳說明。我也會一起參與。

2007.9.25　0:59　田島

明天（已經是今天了）我會去書店。想去推銷一下……。我會再和妳聯絡。

我有事想拜託妳，可不可以向妳借以下的東西。

・妳參加樂團時代的錄影帶。

・《西日本新聞》的讀者來函。

我想看一下，那些信我只是看看而已，我想瞭解讀者的反應。酒匂小姐的報導刊登後，應該又會有讀者寫信給妳，如果妳不介意，屆時是否可以給我看一下？今天就先這樣。

我把晃子寫給Lily Franky先生的感謝信，連同書一起用航空郵件寄了出去。

Lily Franky先生

我是特列寧·晃子，日前爲書的插畫一事叨擾過您，謝謝您爲我寫了這麼感人的推薦語，

託您的福，書已經上市了。第一次看到您的傳眞時，我興奮不已，「Lily先生眞的爲我寫了推薦！」

看了您的推薦內容，優美的字句讓我忍不住熱淚盈眶。聽說您當時正忙著出國，佔用了您寶貴的時間，內心惶恐不已。書腰上印了您的推薦語，和書放在一起，似乎有了一個最有力的盟友。

實在太感謝了。

二〇〇七年九月二十五日　特列寧·晃子

2007.9.25　17:08　田島

這幾天身體還好嗎？

已經有一些書店放了幾本妳的書。剛才，KBC的中村小姐來找我，說播出的日期更改爲十月三、四日，我聽到她提起幫傭的T太太似乎有意見？

是因爲提到了她小孩生病的事嗎？妳事先沒有徵求她的同意嗎？我應該提醒妳確認的，我已經開始把書寄給書店和訂購的人，沒問題嗎？

另外，聽說也要採訪Y醫生，還有其他問題嗎？我打算明天傍晚去看妳，我會再和妳聯絡。

新書終於出爐的興奮沒有持續太久，就遇到了意想不到的大麻煩。來晃子家當幫傭的T太太抱怨，書中提到她的名字會造成她的困擾。

原本這本書只給親朋好友看，並不打算在書店銷售，所以忽略了這一點，但幫傭這個行業規定不能和僱主家庭太親密，也不能涉入僱主家庭內部的情況。

因此，書中清楚提到幫傭的名字，而且有私下來往，將對她的工作造成影響，也許以後再也無法去特列寧家幫忙了。

還有另一個問題，我詳細問了晃子之後，發現她雖然告訴醫生和護士寫書的事，但並沒有把內文給他們看，而且，也沒有提到詳細的內容。

晃子在書中提到了對醫療的疑問，也提到醫生在手術時，不小心把止血劑忘在她的體內，希望免費爲她動手術，把止血劑取出。晃子認爲在這件事上，她有開刀醫生的道歉信，即使對方有意見，完全可以反駁，但書中提到了幫傭的事，以及醫院和醫生的眞實姓名，令我有點擔心。

我向一位當律師的朋友請教了這個問題，雖然那時候已經很晚了，但我這位朋友熱心地解答了我的問題。

「這個問題很棘手，無法保證絕對沒有問題。況且，當事人目前在療養，萬一打官司，即使贏了，也會對病人造成很大的精神壓力，我認爲能夠避免就盡量避免。」

我也打電話向山下先生討論了這個問題，一直討論到深夜。

深夜一點多，我在發簡訊給晃子後，打電話給她。

「我考慮了很久，最後還是決定全部重印，即使妳那裡沒有問題，我也不希望引起任何麻煩。別擔心，事到如今，我們一定要設法把這兩千本賣出去。我會把已經寄出去的書收回來，請妳把他們的地址告訴我，新書印好後，我會再寄給他們。」

晃子深感歉意，只說了一句：

「對不起。」

當時，電視節目、媒體報導都已經安排妥當，也已經寄書給書店和相關人員，現在突然喊停必須冒相當大的風險。況且，重印必須從訂購紙張開始，又要花費兩週的時間。

封面已經決定使用新風紙（VENT NOUVEAU），內頁使用新教材紙（Morden text），福岡訂不到任何想要的紙。如果是一般的書籍用紙，很快就可以訂到，但像新風紙、Tanto紙，甚至是低密度的書籍用紙都必須從東京訂購，很費時，價格也很貴，而且裝訂費也很貴。

福岡的裝訂廠幾乎都由一家獨佔，九州各地的單行本都在那家裝訂廠製作。一旦進入繁忙期，時間比平時更久。因爲只有一家，所以每家印刷廠和裝訂廠交涉都很頭痛，印刷廠的窗口對我說：

「田島小姐，單行本的印刷，紙和裝訂費用佔了八成，印刷成本只有兩成，想要壓低價格，只能從這兩成中節省。」

無論怎麼壓低印刷費，都會高於在東京印刷的費用。雖然有人說，不如乾脆在東京印，但是，一旦這麼做，可能會影響到和本地印刷廠之間的密切關係。而且，還要考慮到倉庫的問題。如果沒有倉庫，很難找地方放大量書籍，再隨時寄發。我不想冒這樣的風險，東京的大出版社都有專用紙，恐怕很難想像外地出版社遇到的這種情況。當印書量不多時，想要壓低單價眞的不是一件容易的事。

當然，東京的出版社固定支出也比較高，以書的成本來考量，也許兩者相差並不多。

2007.9.26　10:09　田島

昨天聊到很晚，妳還好嗎？

剛才和山下先生討論之後，決定請報紙先暫緩報導，將書重印。目前已經著手安排印刷的相關事務，詳情後談。可不可以請妳打電話給我？

2007.9.26　10:54　田島

即使徵求了醫生的同意，考慮到書中提及了個人姓名和醫院名字可能會帶來的風險，還是決定重印。

這是和山下先生討論後做出的決定，我已經著手安排重印事宜。因爲沒有接到妳的電話，所以有點擔心。可不可以請妳和我聯絡？

2007.9.26　17:10　田島

擔心長時間會造成妳的負擔，所以決定和山下先生一起去，這樣也比較能夠迅速解決問題。我可能八點左右才會到，沒問題嗎？

2007.9.26　18:43　田島

我正在等山下先生，但時間還無法控制，我現在準備出門。

2007.9.26　18:48　特列寧

好，我知道了，路上小心。

2007.9.27　1:15　特列寧

今天謝謝妳，我看了書之後，發現在〈疾病奮鬥記1〉中提到了復健的醫生和護士的名字，是不是最好也不要提及他們的名字？

2007.9.27　8:45　田島

早安，昨晚這麼晚打擾妳，很抱歉。

昨晚回到家，一點左右就睡著了，無法及時回覆妳。沒錯，除了朋友和親戚以外，其他人的名字都要拿掉。有沒有需要特別留下的名字？

2007.9.27　11:49　特列寧

只要能夠留下親朋好友的名字就OK了。

麻煩妳了。

首刷的兩千本無緣見天日，但也不能當垃圾丟掉。書送到公司後，用手工作業的方式，把書封和書腰拆下，再用麥克筆在書上打╳，一起送到專門銷毀圖書的地方。

既然要重印，就請晃子除了名字部分以外，再仔細檢查一下是否有其他需要修正的地方，重新校對一次。版權頁上的首刷日期是二〇〇七年十月九日，二刷是十月十八日，剛好是十天之後。

2007.9.29　0:20　田島

晚上好，已經交到印刷廠了，這一次，山下先生也仔細檢查過了，應該不會再有疏忽的地方。明天我會在四點之前到。

見面聊。

二刷時，不得不換了一家印刷廠。向印刷廠說明情況，請他們必須趕快幫我們重印時，對方說，最近剛好排滿其他的工作，所以把資料傳給了我。

言下之意，就是我可以去找其他印刷廠。無奈之下，我只能找了一家交情不深的印刷廠。那家印刷廠得知了我所面臨的困境，答應以最快的速度處理。當時，誰都沒有預料到這本書之後會一刷再刷，前一家印刷廠錯失了大量印刷的工作機會。

人永遠不知道自己什麼時候會站在命運的十字路口，事後才會發現，啊，原來那裡是十字路口。

只有內頁的書在十天內完成了，我們必須用手工作業的方式，緊急把書封和書腰套上去。山下先生聯絡後，晃子的朋友都來幫忙，但也整整花了一個星期。公司內堆滿了《請照顧我女兒》。雖然繞了一個大圈子，但書終於完成了。

當時，沒有任何人能夠預測這本書將引發的奇蹟。

雖然出版告一段落，但電視採訪持續進行。如果是福岡地區的電視台，萬一有什麼狀況，就可以立刻趕到，所以在各方面都比較有利，日本電視台的採訪卻很克難。

由於採訪費不多，他們想要節省住宿費，就帶了睡袋，睡在我們公司，由我開車陪同他們採訪。沒想到此舉對我之後接受電視採訪時的應對發揮了很大的作用。由於我和他們同進同出，逐漸瞭解了特列寧全家、晃子的母親，以及妹妹一家人等之前不瞭解的事，我很感謝有這樣的機會瞭解他們。而且，在此之前，我完全沒有注意到這些事，更完全不瞭解電視的世界。

……………………………………

關於錄影

2007.9.20　10:51

特列寧・晃子女士、田島小姐：

兩位辛苦了，我是ＮＨＫ的小川。

原本打算這個星期要錄影，但如兩位所知，安倍總理辭職了，在選舉結束之前，東京有很多事要忙，暫時抽不出時間錄製其他企畫的節目。總理選舉一結束，我會立刻請教特列寧女士方便的時間，立刻開始錄影。

懇請見諒，請多關照

NHK導播　小川海緒

2007.9.21　23:16

小川先生，你好，我是特列寧。

關於錄影的事，很抱歉，可不可以暫緩？我將視自己的身體狀況，檢討日後的治療，目前我希望把治療空檔的時間留給家人。我之前沒有想到攝影這麼花時間，不加思索地答應了，我爲自己的天眞深刻反省。

如果可以延緩疾病的惡化，爲自己爭取到更多的時間，我會再和你討論。

2007.10.1　13:33

特列寧・晃子　（副本：田島小姐）

不好意思，這麼晚才回覆。

福田總理大臣、緬甸的事，以及今天開始的緊急地震快報、郵政民營化等課題讓我忙得焦頭爛額。

我瞭解妳打算暫緩錄影一事，這個節目以妳的身體狀況和家人的情況爲優先，並不是以節目爲優先，所以不必擔心，我也應該更早規劃才對。

請妳專心治療，專心陪伴家人。等妳可以接受採訪時，請隨時和我聯絡。日後也請多關照。

由於國內政治上的突發狀況，導致NHK無法採訪，但曾經一度有三個節目要求採訪。晃子都盡可能配合，比起自己的身體狀況，她總是優先想到別人，我看在一旁都忍不住爲她提心吊膽。當時，晃子的身體狀況很不理想，現在回想起來，總覺得她似乎太顧慮別人了，她盡可能滿足別人的要求，一味自我忍耐。特列寧・晃子就是這樣一個人。

2007.10.1　9:25　田島

晃子，早安。

妳昨天的身體似乎不太好，我很擔心。今天有沒有好一點？如果無法採訪，請和我聯絡。收到妳的簡訊我就放心了。

妳不必放在心上，不舒服的時候要說出來，因爲要拍長期的紀錄，不妨認爲是書的延伸，也請妳利用空檔繼續寫之前還沒有寫完的內容……。

有體力的時候再寫就好。今天沒辦法去妳那裡，等書印好後，我會去找妳。目前暫定星期五，那就先這樣囉，妳絕對不要硬撐喔。

2007.10.1　11:29　特列寧

昨天很抱歉，剛才，我媽媽接到關於錄影的電話，今天一點到三點應該沒問題。

2007.10.1　16:11　特列寧

今天是日本電視台的加藤先生拍攝。對了，KBC是什麼時候播出？

2007.10.1　17:22　田島

加藤先生有打電話給我，聽說妳今天的狀況不錯。KBC好像是十日和十一日連續兩天播出。剛才接到山下先生的電話，《西日本新聞》將在七日（週日）刊登報導。
　妳接到NHK的小川先生的信了吧？時間眞不湊巧，這也是無可奈何的事。我會用電子郵件向小川先生說明情況，妳不必介意。
　無論遇到任何困難，記得寫郵件給我。

2007.10.5　10:55　田島
早安，我要去丸善送貨，差不多該出門了，可能會一點左右去妳那裡，如果這個時間不方便，請打電話告訴我。

2007.10.7　15:38　田島
我剛才看了《西日本新聞》，有彩頁，報導的篇幅很大，太好了。

2007.10.8　20:12　特列寧
我還沒有看到報紙，好想早點看到……。因爲昨天去鹿兒島的醫院看診，當天來回，累壞了。

2007.10.8　23:20　田島

妳那裡有報紙嗎？希望酒匂小姐會寄給妳，如果她沒有寄，妳再告訴我，我幫妳寄。

鹿兒島？是上次那家醫院嗎？這次也是搭電車嗎？妳一定累了，不用急著回覆我。慢慢來，慢慢來。

晃子每次住院、出院，一次次聽到醫生說「治不好」，心情很沮喪。她想要治好自己的病，無法接受自己得了不治之症，所以積極尋找得救的機會。

她的身體幾乎已經無法動彈，體力很差，但聽到有醫生可以用氣功治療，不惜搭電車去鹿兒島見那位醫生。一心想要治好的強烈願望讓她身心都變得積極。

2007.10.9　12:31　田島

妳的身體怎麼樣？有沒有看報紙了？我接到不少電話，問小郡市的書店有沒有賣這本書。

我打算去書店推銷，除了積文館書店和雙葉書店以外，還有沒有其他書店？

2007.10.9　12:57　特列寧

我記得大原中學附近有一家名叫金文堂（？）的小書店，差不多只有這幾家了。

ＫＢＣ九州朝日電視台在傍晚分兩天播出了晃子的節目，比原本的預定晚了幾天。晃子接到了很多朋友的電話，說在電視上看到了她的事，由於很多朋友都不知道她生病的事，紛紛寫信和電子郵件給她，說看到電視嚇了一跳，晃子喜極而泣。

日本電視台的追蹤採訪持續進行。

回到娘家唐津

2007.10.13　0:27　特列寧

不好意思，這麼晚和妳聯絡。

明天可以麻煩帶我回唐津嗎？柚莉亞和我先生留在這裡看家。拜託妳了！

2007.10.13　8:51　田島

早安，今天的天氣眞好。

太好了，我們去唐津吧。

我中午左右去妳那裡。

這一天，我租了車，要帶晃子回位在唐津的老家。在陪同晃子接受電視採訪時，她曾經在採訪空檔時閒聊起她的老家是佐賀縣唐津市。

「妳有回唐津的老家嗎？是不是很久沒有回去了？如果妳體力允許，我可以陪妳去。」

「差不多有兩年沒回去了，唐津很遠，開車要一個多小時。」

「有些租的車子有放輪椅的空間，我之前去打聽過，我想那種車子應該就沒問題了。」

事後回想起來，當時眞的很魯莽。聽說她和里奧涅德先生討論時，里奧涅德先生說：「以妳目前的身體狀況，簡直太瘋狂了，但如果妳很想去，也許是一個好機會。」我也有點不放心，出發的前一天晚上再度向晃子確認，她的心早就飛回了故鄉，感覺像是之前壓抑的心情一下子爆發了。

翌日，我和要負責拍攝紀錄的山本先生一起如約租了車，中午左右到了特列寧家。因爲晃子說，很想用攝影機拍下她回唐津的樣子，所以請山本先生負責拍攝工作。

按了門鈴後，里奧涅德先生出來應門，告訴我們：「她正在準備，請你們等一下。」不一會兒，晃子坐著輪椅從屋內出來。這是我第一次看到晃子坐輪椅的樣子，平時每次看到她，她都躺在床上。

我們按照事先練習的方式，讓她坐著輪椅上了車。晃子雖然面向前方，卻幾乎看不到車外的風景。因爲她坐在輪椅上，所以特別高，感到很不舒服。

出發了。我慢慢開了十五分鐘，上了高速公路，然後，把車子開進了第一個休息站。晃子的臉色很差，有點嘔吐，我們決定休息一下。看她的情況，覺得似乎應該放棄此行，於是，問了晃子的意見。

「妳不用勉強，如果很不舒服，那我們就回去吧？」

「休息一下應該就沒問題了。我稍微躺一下。」

當時，晃子和我都抱著樂觀的態度，認為「一定沒問題」。

「可能是座位太高，看不到前面，才會覺得不舒服，我可以坐在副駕駛座嗎？」

晃子說的沒錯。於是，讓她坐在副駕駛座上，把輪椅摺起後，放在車後，這樣反而舒服多了。

我們沿途聊著天，開著車，慢慢駛向唐津。

她告訴我剛認識里奧涅德先生的事，他們約會的情況，以及在多年戀愛後突然分手，但仍然無法割捨，在重逢後再續前緣，然後步入了禮堂，還有她父親突然去世等等，一路上聊不完。

「里奧涅德先生是怎樣的人？我每次都和他擦身而過，幾乎沒有和他說過話，他看起來人很好。」

「他這個人很寡言，以前寫電子郵件時都用英文，他經常說笑話，也會馬上回信給我，我還以爲他很健談。」

「他不健談嗎？那不是落差很大嗎？」

「對啊，第一次約會眞的很慘，他幾乎什麼話都不說，只是不停地在街上走，我還以爲他討厭我，但他之後又找我約會，我才鬆了一口氣，發現他並沒有討厭我。他現在也很少說話。」

在此之前，都以順利完成這本書爲最優先，沒有時間和晃子一起閒聊。

車子沿著海岸線開了一陣子，很快看到一片美麗的松林。那是晃子朝思暮想的故鄉，打開車窗，隱約傳來海水的味道。

我開車的速度比平時慢。駛過鐵路後，就看到了晃子位在唐津的老家。晃子的母親、妹妹尙子一家和親戚都在家中引領期盼晃子的出現。

車子駛進庭院時，山本先生說：

「田島小姐，趕快打開攝影機。」

「我嗎？我從來沒有使用過專業攝影機。」

「沒問題，我要搬晃子的輪椅，所以沒辦法拍。」

我接過攝影機，不顧一切地拍了起來，從玄關到佛堂。等待已久的晃子母親和晃子哭著抱在一起。

「妳終於回來了，爸爸在等妳。」

晃子在佛堂前拜了很久。我看著她的身影，覺得這趟載她回來的決定是對的。晃子和親朋好友聊得很開心，這也是我第一次和晃子的妹妹尚子說話。晃子躺在床上休息時，我聽大家談論晃子的事。

2007.10.13　母

晃子發病後第一次回家，她在佛堂前熱淚盈眶，上香的時候說：「我一直想回來，爸爸，我一直想回來見你。」柚莉亞和特列寧沒有回來，雖然我邀他們一家三口一起回家。晃子在客廳和大家（美千代阿姨、尚子、電視台的人、田島小姐）聊天，之後，躺在我的床上休息。如果玄關有無障礙空間，她也可以在唐津生活，她可以隨時回來唐津。我很高興。

我和晃子討論了今後的治療問題。醫生打電話來問之後有什麼打算，她不想和柚莉亞、家人分開，不想住院。她的左手感到不舒服，難道是症狀惡化了嗎？

尙子的話令我特別感興趣。

「我姊姊很成熟，向來很獨立。高中時，她突然提出要去印度修行。」

「因爲她有熱衷的信仰嗎？」

「才不是，她只是想去國外，而且想要去能夠滿足自己好奇心的不同世界，所以才說想學佛教。那時候，我還在讀小學，記得不是很清楚，只記得那是我爸爸第一次動手打姊姊。爸爸不顧一切地阻止姊姊。」

雖然當年因爲父母反對，晃子的印度之行沒有成行，卻可以從這件事中看到晃子獨立一面。

2007.10.13　20:58　特列寧

今天非常感謝！能夠回娘家，我實在太開心了。妳眞的幫了這麼大的忙，由衷地感謝。

2007.10.15　0:27　田島

對不起，沒有及時回覆妳的郵件。我去了一趟大阪，剛回到家。妳能夠回唐津，眞是太好了，那天眞的太興奮了。我去還車的時候才知道，還有另一種坐起來更舒服的車子，可以把副駕駛座的座位拆下來。下次要開車出遊時，我們就租那種車子。

我有點擔心妳之後的情況，有沒有特別疲倦？妳去做MRI時，可以提早通知我。保持聯絡。

晃子和我的小旅行順利結束了。事後發現，以晃子當時的身體狀況來說，實在是一趟大膽的旅行。也許不知道才好，如果知道了，恐怕就不敢付諸行動了。

九月底時，特列寧．里奧涅德先生辭去工作。辭職理由是他希望加薪，公司方面不接受，但我認爲是里奧涅德先生想要有更多時間陪伴晃子和柚莉亞。

之前，他每天上午十點出門，八點回家。白天的時候，由晃子的母親青山艷子女士來家中照顧，青山女士這一年來，從週一到週五都住在附近租的公寓，每天來晃子家中照顧，晃子的愛犬阿權也住在那個公寓。

從唐津的娘家到特列寧家所在的小郡市走高速公路也要一個小時，青山女士在之前有一年的時間，幾乎每天在唐津和小郡市之間來回。有一天，她猛然發現高速公路的過路費和汽油錢很驚人，覺得還是在附近租公寓比較好。而且，她的體力也快無法承受了。

眼前的現實是無論柚莉亞再怎麼可愛，或是覺得晃子很可憐都無法解決的問題。青山女士曾經多次對晃子說，唐津的老家還有土地，可以另外造一棟房子，讓晃子一家人住，但晃子始終沒有點頭。因爲她知道里奧涅德先生和母親合不來，雖然他們的關係並沒有交惡，只是缺乏溝通，但晃子在他們之間還是很爲難。里奧涅德先生覺得一家三口一起住最理想。

晃子有時候也會對比以前更沉默的里奧涅德先生感到難過，很想對他說：「里奧涅，請你再多陪陪我。」那是一種她無法消除的焦躁，因爲她的時間所剩不多了，她曾經拜託里奧涅德先生做一件事，但里奧涅德先生對她說：「等一下。」她忍不住在心中吶喊：「里奧涅，我沒時間等了。」

在這種情況下，里奧涅德先生辭職一事在他們之間引起了一場不小的風波，想到晃子日後驚人的治療費，難免會擔心。而且，他們住在員工宿舍，既然已經辭職，就必須趕快搬離宿舍。對已經無法自由活動的晃子來說，搬家是很大的負擔。

更何況不擅長日文的里奧涅德先生很難去找房子，最後，由晃子在網路上找到房子，終於在附近租到了房子。搬家事宜也都由晃子安排，終於在十一月初搬了家。

搬到新房子後不久的某一天，晃子聯絡我。

「我可以接受採訪了。」

新房子不遠處就有一個公園。那是一棟嶄新的公寓，他們住在二樓，房間的格局和以前很相似，和之前一樣，有一個開放式廚房，晃子的床就放在飯廳，可以隨時看到柚莉亞的情況。柚莉亞會叫「媽媽」了，晃子聽了之後，鬆了一口氣。

「她這一陣子總算會喊媽媽了。」

沒錯。晃子之前一直為柚莉亞不會叫媽媽感到沮喪。

「因為我不能常常陪在她身邊，她不會叫媽媽是正常的，但我相信她總有一天會叫的。」

晃子深信不疑，然後，她終於等到柚莉亞叫她「媽媽」。

晃子還期待另一件事，就是柚莉亞自己走路。由於柚莉亞是早產兒，所以很晚才開始學走路。晃子難免為這件事擔心，有一天，柚莉亞走了幾步，晃子用手機拍下了她走路的樣子。

「要拍下她走路很辛苦，每次我拿著手機想要拍她，她就不走了。」

晃子實現了這兩個心願，終於鬆了一口氣，臉上露出了心滿意足的溫和表情。我至今仍然經常想起她當時的表情。

整天躺在床上的晃子無法一直觀察到柚莉亞，因為她已經無法自行翻身，所以，她手上總是拿著鏡子，當柚莉亞吃飯時、刷牙時，晃子都從鏡子中觀察她。

「柚莉亞，多吃一點。」

「牙齒要刷乾淨喔。」

里奧涅德先生把兒童澡盆放在廚房的水槽內裝熱水，然後幫柚莉亞洗澡。

「柚莉亞，洗澡很開心吧？」

躺在床上的晃子也可以看到柚莉亞舒服洗澡的樣子。

普通的家庭不會把澡盆放在廚房的水槽中，但在特列寧家，這是很平常的事。從嬰兒時期到將近三歲時，都用這種方式幫柚莉亞洗澡。

晃子對自己無法親自照顧柚莉亞感到很難過，晚上聽到柚莉亞哭的時候，很想立刻衝過去，但每天工作到很晚的里奧涅德先生常常無法馬上起床。

「里奧涅，你趕快起床，去看看柚莉亞，她一定是尿布濕了，不，可能肚子餓了。」

聽到柚莉亞哭，晃子總是擔心得不得了。

有一天，里奧涅德先生送給晃子一個很棒的禮物。他在柚莉亞睡覺的房間裝了攝影機，晃子可以透過電腦隨時看到柚莉亞的情況。

「里奧涅，謝謝你，這樣我就可以看到柚莉亞了。」

晃子最珍惜和柚莉亞共度的時光，但她無法一直留在家裡，必須經常回醫院做化療。每次回醫院時，幾乎都是晚上柚莉亞睡著後，由特殊的計程車來家裡載她。

如果事先決定要住院時，通常會在前一天把柚莉亞的習慣和喜歡吃的每一樣食物，以及希望爲她做的事詳細寫在紙上告訴幫傭（保母）。

「她玩一玩想睡覺時就會用手揉臉，身體就會變熱。她一開始可能會緊張，不想吃東西，但她喜歡吃香蕉。她喜歡會發出聲音的玩具。她已經會抓著東西走路了，只要牽著她的手走路，她可以一直走。」

雖然她很想陪在柚莉亞身旁，「但要和柚莉亞玩，就必須好好接受治療。」晃子總是這麼激勵自己，趁柚莉亞睡著時，悄悄去醫院。

有好幾次早上或是中午要去醫院檢查，保母抱著柚莉亞送她到門口，這種時候，晃子總是特別難過。

「我絕對無法親手抱柚莉亞，保母卻可以自在地抱著她。」

她知道保母並沒有惡意，即使知道，她的心情仍然很複雜，內心也很痛苦。

晃子總是關心別人，壓抑自己，但也會表現出這樣的一面。也許我自認爲瞭解晃子，其實根本什麼都不知道。

晃子進加護病房

十二月的某一天，我正準備出門吃午飯，手機響了。是晃子的母親青山女士打來的。

「田島小姐，晃子被救護車送進了醫院，她已經失去了意識。」

「真的嗎？我可以去看她嗎？」

「她進了加護病房，禁止面會，但妳到醫院之後再打電話給我。」

我緊張得心跳加速。該來的躲不掉，但又同時覺得「晃子很堅強，應該還可以撐過去」，這兩種想法在腦海中交戰。我匆匆整理完工作，總算在傍晚趕去醫院，來到整形外科的加護病房。到醫院後，我立刻打電話給青山女士。

「她現在睡著了，但我已經跟護士說了，請進來吧。」

於是，我走進了加護病房。青山女士說我是親戚，之後每次去的時候，只要說是家屬，就可以進去。

晃子熟睡著。青山女士告訴我晃子昏倒時的情況。

「幫傭剛好來家裡，我正在餵柚莉亞吃飯，猛然一回頭，看到晃子抽筋了……。幫傭立刻叫了救護車，也聯絡了主治醫生，準備送醫院。我嚇死了。擔架床進不了公寓的電梯，救護人員說從樓梯下樓。這種時候，眞的不知道該怎麼辦。」

到了醫院後，立刻開始急救。

「一開始沒有意識，我很擔心，現在終於恢復了意識。醫生說，情況不太樂觀。」

2007.12.18　母

PM 6:00多，晃子突然發作，送進了大學附屬醫院的腦外科，發現大腦出現了腫瘤，有出血現象。晃子意識不清，好不容易開口說話，但前言不搭後語，只能回答問題而已，也會一再問同一件事。雖然她回答「我知道了」，但並沒有眞正理解。

之後，我平均每週去一次醫院。通常都是傍晚的時候，和晃子最好的朋友菊池惠子一起去，我們都一副是家屬的樣子走進加護病房。當晃子意識恢復後，就開始做放射線治療。這次發生痙攣的原因，是因爲癌細胞已經轉移至腦部。

但是，放射線治療很痛苦。晃子不時嘔吐，幾乎無法進食，體力直線下滑。加護病房通常都有十個左右的病人在接受治療，醫生和護士二十四小時待命治療，加護病房內總是充滿緊張。

2007.12　姊姊再度住院　尚子

姊姊因爲腦出血再度住進了醫院。CT檢查後，發現出血處有癌症轉移的現象。目前開始做腦部的放射線治療。腰部的原發病灶已經大到胸骨，雖然不知道是否轉移，但繼續長大，會影響呼吸，開始做化療。

日本電視台的節目至今仍然沒有播出，原本說要在聖誕節播出，但至今仍然沒有播出。聖誕節前，我和菊池小姐一起選了晃子喜歡的巧克力蛋糕，當作她的聖誕節蛋糕。

我們在醫院等待里奧涅德先生帶著睡完午覺的柚莉亞來醫院，即將兩歲的柚莉亞當然不瞭解母親的病情，我有時候會帶柚莉亞走出病房。柚莉亞正在牙牙學語，很喜歡看車子和鳥。陪著她站在八樓的樓梯口，她剛好可以看到外面的風景。

「啊，有公車。」

「這是計程車。上面沒有客人。」

我對柚莉亞說話，她天眞地呵呵笑著，更讓我的心好像被撕裂了。

新年。元旦那一天，我很擔心晃子，去醫院看她。菊池小姐這天無法抽身，我一個人去了醫院。早上開始下的雪在樹上積起一片白茫茫的雪，從八樓的病房可以看到一片不同於平時的雪景。這一天的病房很安靜，探視的人也很少。晃子的病情似乎穩定了下來，和我聊著她以前工作時的情況。她聊起我們爲數不多的共同朋友，我也感受到她以前工作時的活力，我們聊得很開心。

抬頭看向窗外，發現已是一片銀色的世界。看著福岡難得出現的雪景，我陷入了一種錯覺，彷彿晃子永遠不會離開。

大部分人都在家裡過新年，但住在加護病房的人都在這裡慶祝新年，有的夫妻靜靜地聊天，但沒有看到小孩子出入，只有病患的近親才能進入加護病房。我在雪中踏上歸途，想到必須在病房內迎接新年的晃子，實在沒有心情過年。

2008.1.10　母

晃子嘔吐的情況十分嚴重，也沒有食慾。眼睛看起來很疲憊，但她還是在傳簡訊。我叫她不要傳，但她不肯聽。

2008.1.11　母

下午轉到普通病房（八〇八）的雙人房。

2008.1.23　母

醫生說明MRI的情況，「在放射線治療後，腦部的腫瘤變小，但問題在於脊髓，目前已經向上方帶狀擴散，再往上的位置，就是呼吸中樞，可能會造成呼吸突然停止。雖然大腦的腫瘤不會造成立即的生命危險，但脊髓的腫瘤要趕快治療，否則會很危險。化療是目前可行的方案，之前雖然無法按計畫做化療，但仍然能夠維持目前的狀態，代表化療發揮了效果」。

晃子說：「既然沒什麼效果，不需要做得這麼痛苦。」自費治療的藥物要兩週後才能拿到，等不了那麼久。醫生建議，不妨在化療做完一個療程回家後，使用自費的抗癌藥物。

晃子最後的採訪

二月之後，晃子的身體狀況穩定，很在意日本電視台至今仍然沒有播出節目。二月六日是晃子和柚莉亞的生日，我正在想，這個節目可能無法在這一天播出，作爲他們的生日禮物時，接到了晃子的電話。我正打算去醫院看她，去了醫院後，發現她已經離開加護病房，轉入了雙人病房。

「是不是因爲採訪內容不足，所以節目還沒有播出？現在已經轉到雙人病房了，我應該可以接受採訪，只要是小型攝影機，應該沒有問題。」

晃子向我提出這個要求，完全不顧自己的身體情況。晃子的母親也對我說：

「晃子很擔心節目的事，問我有沒有地方可以接受採訪，比方說醫院的庭院或是大廳。晃子有時候會意識模糊，搞不清楚自己目前的狀況。所以我告訴她，妳現在只能躺在床上，連輪椅都不能坐了，沒辦法去其他地方。」

晃子總是優先考慮其他人的事。

「晃子，妳不必擔心，節目沒有播出應該是電視台方面的問題，不是妳的因素。」

但晃子仍然堅持要接受採訪，我從她的要求中感受到堅定的決心。

「希望能夠成全晃子的心願。」

我決定安排在晃子和柚莉亞生日那天拍攝，但我無法自己掌鏡，還是拜託福岡的攝影師？日本電視台的加藤先生經常說節目的預算很緊，但我還是決定問一下加藤先生。

「可以採訪嗎？那我去。小型攝影機應該可以帶進病房，我立刻訂二月六日她生日當天的機票。」

於是，六日中午，我帶著搭機前來的加藤先生一起去了醫院，中途買了生日蛋糕。

晃子的採訪工作幾乎都由我負責安排，我也有幾件事想要向她確認。

「錄影和寫書一樣，都是訊息的傳遞，妳把還沒有說完的話統統說出來吧。」

加藤先生和山本先生每次採訪時都會對晃子說：

「影像和書一樣，都是傳達妳要對柚莉亞說的話。當柚莉亞認字、懂事時，一定能夠從這些影像中感受到很多東西。」

的確，晃子已經無法再寫第二本書，寫下她想要說的話。正因爲這樣，影像傳達的信息更加重要。

「我希望柚莉亞能夠成爲里奧涅和外婆之間溝通的橋樑。之前都是我把不太會日文的里奧涅的想法告訴我媽，再把我媽的想法告訴里奧涅，但我已經無能爲力了，所以，我希望柚莉亞能夠接棒，希望里奧涅和我媽之間的關係能夠和睦。」

「是啊，書中原本有〈外婆〉的項目，後來刪掉了。」

「對，因爲很難寫成文字。」

「晃子，我之前一直想問妳，妳爲什麼會想到用書這種方式留給柚莉亞？不是可以用書信，或是拍攝錄影帶之類的方式嗎？」

我問了她這個始終令我不解的問題。

晃子毫不猶豫地回答：

「因爲我覺得很酷啊，我以前就想出書。」

是嗎？原來是因爲很酷……。聽到這句話，我感到很安慰。

那天的錄影成爲晃子最後一次接受採訪，晃子可能也知道這是最後一次，所以特別健談，聊了很多事。

爲晃子母女慶祝生日的幾天後，晃子開始使用人工呼吸器，幾乎無法開口。之後，即使去病房時對她說話，晃子也只是點頭而已，無法開口說話，她和她母親也無法順利溝通。

雖然可以使用寫在紙上等其他的方法溝通，但那時候晃子的手已經無力，無法自己拿東西，就連以前堅持拿著手機給特列寧先生傳簡訊，也在之前不得不放棄了。

有一天，我難得和青山女士一起吃飯。我們一邊吃晚餐，一邊聊天。

「主治醫生前一段時間就和我們談了治療的問題，也就是要不要接受延命治療。照目前的情況發展，可能很難再用口服的方式攝取營養劑，只能在胃開一個洞，插管灌進去，但這根管子也只能用三個月。特列寧和我都不希望這麼做，因爲晃子之前也一直說，不想再動手術了。」

我察覺到晃子的身體狀況每況愈下，但聽到她母親親口說出來，還是覺得很難過。不知道家人是以怎樣的心情面對這種事。我父親去世之前，醫生也曾經建議用插管的方式灌營養劑，但我哥哥拒絕了。

當時，我哥哥說，即使這種方式可以拖延一段日子，但既然知道無法治好，就不忍心再讓病人受苦。當時，醫生也說只能使用三個月，一方面是因爲容易導致感染，所以這種方式只能維持三個月。

面對這種情況時，家屬總是要面對極度煩惱的嚴峻選擇，爲病人選擇生命的終點，應該沒有一個家屬在面對這個問題時能夠保持平常心。

2008.2.12　尚子

晚上接到媽媽的電話，「姊姊無法用肺呼吸，大腦缺氧，大腦的氧氣濃度不足，這樣下去會變成植物人。醫生說，如果做血液檢查後，發現氧氣濃度不足，就要裝呼吸器。」我和尚志（尚子的丈夫）一起去了醫院。

到醫院後，又接到媽媽的聯絡，「剛才裝了呼吸器，送進了加護病房。」去見姊姊之前，先去向醫生瞭解情況，醫生說：「我認爲應該有機會拿掉呼吸器，我會朝這個方向努力，但呼吸器會輔助呼吸，妳姊姊可能會不用力呼吸，這麼一來，呼吸器就很難拿掉。」我去見了姊姊，她吃了藥睡著了，嘴巴被呼吸器的器具撐開的樣子讓人看了於心不忍。

我問媽媽，我明天要不要再來醫院，媽媽說，最好能來一趟。平時媽媽總是說，跑來跑去太辛苦，不用來了，但今天說希望我來醫院。我晚上住在久留米。

2008.2.12　母

AM 10:00到醫院，晃子去了放射科，不在病房內。一會兒之後，回到了病房，但似乎很疲倦，一下子就睡著了。

PM 2:00左右。我想叫醒她吃午餐，但她的眼神空洞，怕她卡到氣管，立刻請護士把她嘴裡的東西吸出來。我告訴護士，她一直睡不醒，也沒有發出聲音，叫她也沒有回答。之前也對護士說了兩次，但護士說她太累了，爲她測了氧氣濃度，戴了氧氣面罩。去找了病房的醫生，醫生看了晃子之後說：「她沒有用肺呼吸，這樣下去會導致二氧化碳過多，自然停止呼吸，所以要先裝人工呼吸器。」於是，又把她送回了加護病房。醫生也慌了手腳，說：「我會努力的。」我很想對他說：「病人也在努力。」但還是把話吞了下去，尚子他們也慌忙趕到了醫院。

2008.2.13　PM1:00　尚子

醫生給我們看了昨天的MRI，說明了姊姊目前的病情。腦部的線的位置出現了白白的東西，播種已經發展爲腫瘤，骨髓內側也都是腫瘤，情況相當不樂觀。呼吸器應該很難再拿下來，醫生對癌症也已經束手無策。家屬可以尋求中藥或是疫苗，如果有需要，醫生會盡量配合，除此以外，如果腦部腫起，會用注射或點滴處置。接下來要視姊姊的心臟和體力狀況而定，但她的生命可能只剩下三個月。醫生說，如果想多和家人相處，可以轉入個人病房。

聽醫生說明之前，我去了姊姊的病房。護士問她：「特列寧太太，妳可以聽到嗎？」但姊姊很快閉上了眼睛，所以不知道她到底有沒有聽到。晚上的時候，媽媽在姊姊張開眼睛時對她說：「妳因爲無法呼吸，所以裝了呼吸器，只要妳努力呼吸，就可以拆下來。」姊姊點了點頭。

2008.2.13　母

醫生說明了MRI的情況，尚子夫婦和特列寧也一起瞭解了情況。醫生說：「目前不光是腦部而已，已經擴散到全身了。化療已經無法發揮作用。最多不會超過三個月，快的話可能兩個星期，如果想做什麼，就要趁現在。」該來的還是要面對。

2008.2.15　母

上午去醫院時，管子已經拆掉了。醫生說：「關於要不要繼續插管的問題，如果從喉嚨直接裝呼吸器，病人也會比較輕鬆，請妳決定。」醫生說，如果不處理，最多只能撐到今天或是明天，但這麼重大的事，我無法在這麼短的時間做出判斷。

於是，我回答醫生：「緊急狀況時，還是要幫她插管，我會說服晃子接受。」

希望晃子能夠撐過這一關，喝一點糙米湯。

老公、爸爸、媽媽，請你們保佑晃子。

2008.2.15　尚子

早上和媽媽通電話時，媽媽說，昨天姊姊自主呼吸的氧氣濃度達到了百分之九十九，醫生說，如果可以靠自主呼吸維持這種狀態，就可以拿掉呼吸器。媽媽說，今天去醫院時會拆掉呼吸器，戴了氧氣面罩。

2008.2.15　姊姊的病情　加護病房　尚子

雖然早上接到媽媽的電話，說姊姊的狀況很不錯……但中午又打電話來說，醫生說明了病情，「看起來還是無法靠肺呼吸，如果只是用氧氣面罩，也許只能撐到今天或是明天。當氧氣濃度變低時，即使放了呼吸器，也會受到細菌的影響（不衛生），要換成從喉嚨裝呼吸器。」

我叫尚志下午四點回家，帶著兩個孩子一起去了醫院。

我和姊姊說話時，她問我：「尚志呢？」我告訴她：「在外面照顧孩子。」她笑了笑。我對她說：「柚莉亞好像感冒了。」姊姊說：「我也得了肺炎。」姊姊的聲音沙啞，聽不太清楚，心裡有點難過。

2008.2.17　母

早上八點左右，接到醫生的電話說：「病人的身體狀況很差，呼吸困難，可能要插管。」我急忙趕去醫院，已經插管了。尚子夫妻、菊池小姐和田島小姐也慌忙趕到了醫院。

命運的日子

2008.2.23　母

無呼吸的次數增加，今天即使叫她也沒有反應。

下午七點多，醫生檢查後說：「如果持續沒有呼吸，會採取強制呼吸的措施。」目前的狀況持續下去，會導致無法自行呼吸，也就無法拿下呼吸器。希望老天保佑晃子明天可以靠自己呼吸。

不久之後，晃子就昏迷不醒。她意識不清，昏昏沉沉，越來越沒有反應。命運那一天終於出現了。二月二十四日，那天是星期天。我和晃子的朋友菊池小姐一起去醫院，尚子全家和親戚朋友都在。醫生請他們通知所有的親朋好友到場。其他親戚並不知道晃子的身體狀況已經這麼差，因為即使平時來醫院探視，狹小的病床周圍容納不了那麼多人，而且，這裡需要絕對的安靜，禁止訪客探視。

2008.2.24　姊姊的病情　尚子

上午十一點左右，接到媽媽的電話：「值班醫生說，姊姊的瞳孔已經放大了。」於是，我立刻趕去醫院。

我在中午一點左右到醫院，姊姊的血壓上升到七十八，心跳數九十。醫生說，有可以增加血壓的藥物，但無法改善姊姊的病情，媽媽和姊夫決定順其自然。醫生說，可能就是這一、兩天了。

吃完午飯，把姊姊的狗阿權送去動物旅館後準備回醫院，接到媽媽的電話說：「血壓只剩下四十九了。」尚志很快載我回到了醫院，去了加護病房，得知只有那一次降到四十九，稍微鬆了一口氣，但中午還有七十八，到了下午三點降到了六十九，後來又變成了五十八，可見血壓降低時，會一口氣降下去。

美千代阿姨、眞紀姊、前川一家、中山一家、健慕哥、腹瀉子（菊池小姐）和田島小姐都來了。

晚上讓兩個孩子跟著尚志的爸媽回去後，我們去附近的麵店吃烏龍麵。烏龍麵送上來時，媽媽接到田島小姐的電話說：「尿排不出來，狀況又變糟了。」我們立刻趕回醫院，姊姊又尿不出來，血壓只剩下四十四（收縮壓）和二十（舒張壓），心跳變成七十八。我們等在家屬休息室。

晚上十一點半左右，我們去了加護病房，姊姊的血壓稍微回升，變成三十八和十五，心跳數六十九。我們拿著大衣和隨身物品回到家屬休息室，十分鐘後，零點零四分，接到媽媽的電話，「量不到脈搏。」我們急忙趕回加護病房，跟著護士進去後，叫著：「姊姊。」心電圖沒有動靜了。

零點十三分，值班的醫生趕到，說心電圖雖然小有動靜，但可能是裝了呼吸器的關係。剛好主治醫生也在，問我們可不可以請主治醫生來確認死亡。主治醫生出現，看了姊姊的眼睛後說：「零點三十分。」然後分別對媽媽、我和姊夫說：「我要拆下囉。」拆下了呼吸器，心電圖螢幕也消失了。

2008.2.25　0:30　特列寧・晃子與世長辭　得年三十六歲

晃子已經完全失去了意識，血壓也時高時低，醫生說，今天是關鍵。將近深夜時，我仍然不想離開，但我不是家屬，不能賴著不走。於是，晚上十一點，和大家打完招呼後，和菊池小姐一起離開了醫院。

離開病床前，我在心裡默默向晃子道別。晃子靜靜地閉著眼睛，似乎已經筋疲力盡，靈魂已經飄走，只剩下軀殼依依不捨地留在這裡。

我握著她無力的手，她沒有回握。啊，晃子要去遙遠的地方了，即使心留在這裡也無濟於事，我彷彿聽到她在說：「柚莉亞，對不起，媽媽已經沒力氣繼續努力下去了。」我和菊池小姐兩個人心情格外沉重，沒有力氣說話。

快到福岡時，接到了尙子的電話，說晃子離開了。我帶著沉重的心情回到了家。晃子的死亡時間是凌晨零點三十分。

翌日，我聯絡了朋友，日本電視台的加藤先生和山本先生趕來參加守靈，ＫＢＣ電視台拍下了守靈夜和葬禮的畫面。《西日本新聞》的酒匂純子用很溫馨的方式報導了晃子的死訊。令人驚訝的是共同通信社的報導。我將晃子的死訊通知了在書出版時，曾經撰文報導的佐竹愼一先生也通知了各家報社。

很多報紙都報導了晃子的死訊，收到了很多讀者的弔唁電話和電子郵件，甚至有人留了奠儀，沒有留下姓名就離開了。許多人悼念晃子的死。

接著是守靈夜和葬禮。

葬禮上掛著晃子人生最輝煌時代的照片。柚莉亞在守靈夜和葬禮上把佛珠當成玩具玩，讓人看了鼻酸。出殯時，大家都找不到柚莉亞，原來是里奧涅德先生帶她回家睡午覺了。於是慌忙打電話給里奧涅德先生。

「柚莉亞還是小孩子，什麼都不懂。」

里奧涅德先生在電話中說。

「今天是最後一次看到晃子，讓晃子看看柚莉亞，讓她們母女道別。」

聽到岳母悲痛的叫聲，里奧涅德先生終於把柚莉亞帶了回來，也順利出殯了。里奧涅德先生用日文向眾人致意。

除此以外，在其他的問題上，也因爲國情的不同造成了雙方的不快。比方說骨灰的問題。青山女士說：

「是不是要把晃子的骨灰分成兩半，你應該也要吧？」

里奧涅德先生說不需要。

青山女士立刻覺得「這個人太無情了」，但其實不是這麼一回事。里奧涅德先生認爲「一旦分骨灰，晃子的靈魂會感到茫然，所以不要分比較好。我只要有晃子的照片就夠了，晃子永遠活在我的心裡。」

青山女士聽了這番話後，才終於釋懷。

參加完葬禮回到公司，發現一名住在神戶、說看了《日經晚報》的男子第二次打電話來。他第一次在二〇〇七年十月打電話到公司，那天剛好是星期六，我獨自在公司留到很晚，接到了他的電話。

「我看到那篇介紹新書的報導中的照片，覺得心都揪緊了，因爲她和我太太的樣子完全一樣，我太太也戴著帽子。我們曾經一起撐過神戶大地震，一起努力到今天，但她得了癌症。每天晚上，當我太太熟睡之後，我都忍不住想，怎麼會讓她吃那麼多苦。我很想看特列寧太太的書，但現在太痛苦，沒辦法看。請妳轉告她，我會在遙遠的神戶爲人在福岡的她祈禱。」

那天，再度接到他的電話。

「我太太在三天前死了。她很努力對抗疾病，也看到了孫子。葬禮結束後，我突然想到不知道特列寧太太現在怎麼樣了，所以才打電話給妳。」

「是嗎?請節哀順變，不瞞你說，晃子也在昨天走了。」

他在電話中訴說著失去另一半的痛苦，聊了很久才掛上電話。我獨自在公司內感受著這份空虛。

晃子辭世，葬禮也結束了，我寫信把晃子的死訊通知了Lily Franky先生。

Lily Franky先生（池田先生）惠鑒

恕前略。

曾經拜託您在書腰上寫推薦語的《請照顧我女兒》的作者特列寧・晃子女士於二十五日辭世。在白雪飄舞的寒冷深夜，她終於擺脫了漫長而辛苦的對抗疾病生活。

謹此代表作者感謝您在她生前對她的厚愛。

萬分感謝，特此通知。

二〇〇八年二月二十九日　書肆侃侃房　田島安江

我至今仍然難以忘記當初收到Lily Franky先生推薦語時的事，也忘不了晃子滿面的笑容。Lily Franky先生的樂於助人令人深受感動，他令我瞭解到相信他人是一件多麼快樂的事。

在七七四十九天後的某一天，我和帶著柚莉亞的青山女士相約一起吃午飯。

「特列寧先生這一陣子的情況怎麼樣？」

「我退了鳥栖的公寓後，柚莉亞進了托兒所。特列寧很照顧她，但在飲食方面還是有點擔心，幸虧托兒所的飲食很注意營養。」

「這麼說，妳也很少見到柚莉亞嗎？」

「不，特列寧也累了，所以週末的時候，就會帶她來唐津。」

「其實，有一件事我還滿高興的。特列寧在接受電視採訪時，記者問他，在東京找工作是不是比較容易，他回答說，他喜歡和晃子一起生活的小郡市，不想離開這裡。而且，這裡有他的家人。所以，他把我和尚子他們當成是自己的家人。」

我聽了之後，鬆了一口氣。因爲最後一次在病房採訪晃子時，她最擔心的就是她母親和里奧涅德先生之間的關係。

2009.5.5　母

柚莉亞第一次住在家裡，想到如果晃子也在，不知道該有多好，眼淚就一直流不停。

「我總是希望大家都和睦相處，卻很難做到。如今，或許是因爲我離開了，大家終於眞正成爲了一家人。」

我似乎聽到晃子在這麼說。

不再去晃子的醫院後，整個人都鬆懈下來，有點魂不守舍。雖然每天爲公司的事忙得不可開交，沒有時間沉浸在悲傷中。日本電視台也終於決定在三月十日，在只限關東地區播放的「即時新聞」這個新聞節目中播出，我在播出後看了節目的錄影帶。

如果晃子能夠在生前看到，不知道該有多好。我不禁想起這個無法實現的心願。之後，我接到不少電視台、連續劇和電影的洽詢電話，我每次都問晃子：

「晃子，如果是妳會怎麼做？妳會接受採訪嗎？」

然後，我每次都得出相同的結論。晃子是心胸開闊的人，願意接受所有的事。晃子一定會回答：「好啊。」晃子的母親和尙子有時候會對我說：

「晃子雖然是我的女兒，但她一下子寫書，一下子上電視，做出很多驚人之舉，好像是一個陌生人。」

「我突然發現，我姊姊很厲害。姊姊住院的時候，我因爲要生老二，所以沒時間去醫院，因此心裡一直無法接受姊姊去世這件事，但是，在電視上看了幾次之後，才終於接受，原來姊姊已經離開人世了。」

二〇〇八年七月十六日晚上，我在冷清的成田機場國內候機室等待兩個小時後前往福岡的班機。我去夏威夷洽談書的工作，搭機回國，從成田機場轉機回福岡。轉機時間很長，而且候機室只有幾張長椅，也沒有可以喝咖啡的地方，感覺格外冷清。

「居然要在這種地方等兩個小時。」

我內心有點不耐煩，打開了手機。語音信箱內有留言。

「這裡是富士電視台《THE BEST HOUSE 123》節目，謝謝妳之前的幫忙，今晚九點會播出節目。」

原來是今天。我還在這裡等飛機，當節目播出時，我正在天上飛。回到家中，我再度打開手機，公司員工池田留了言。

「剛才在《THE BEST HOUSE 123》中好幾次介紹了《請照顧我女兒》這本書，搞不好會很可怕……」

喔，是嗎？原來電視中介紹了這本書。

我回想起之前曾經介紹過晃子的幾個電視節目的工作人員說的話。

「恐怕很難在節目中介紹書，因爲會被認爲是在爲書做宣傳。」

我每次都忍不住想：「我並不是希望節目爲書做宣傳，而是一個不得不留下幼女離開人世的母親，因爲無法陪伴女兒長大，想要爲女兒做點什麼，所以寫下了這本書，讓女兒在成長過程中不會迷茫。她眞誠地希望看了這本書的人，可以成爲女兒的另一個母親，寫信給她女兒。晃子想要透過這本書傳達這個訊息，正因爲這樣，如果不談這本書，就無法代表完整的她。」

每次接受電視採訪，我都體會到這種困境，我每次都很想說，晃子並不是想要上電視，她答應接受採訪，是希望向更多人傳達生命的可貴，讓更多人瞭解，小孩子如此可愛，希望大家可以好好疼愛孩子。她希望藉由這本書，告訴大家這一切。

翌日，電話從一大早就開始響個不停。事後我才知道，該節目的名稱叫〈淚流不止！感動的眞人眞事書籍BEST3〉，晃子的書在那個節目中奪得第一。節目中朗讀了晃子寫的內容，攝影棚內哭成一團，節目中聽到書店店員問，這是哪一家出版社？

每次接到電話，對方幾乎都是一開口就問：「請問貴出版社的名字要怎麼唸？」大家都不知道「書肆侃侃房」這個出版社名字要怎麼唸，幸好書名很好記，大家都從官網找到公司資料，打電話到公司。原本有兩千本庫存，差不多在一個小時就賣完了。書肆侃侃房的經銷商地方・小型出版流通中心打電話來說：

「田島小姐，一大早就忙壞了，電話和傳真都被《請照顧我女兒》佔據了。妳那裡還有多少庫存，如果沒有庫存，要立刻再刷。」

「已經沒有庫存了，我正在考慮要再印幾本，三千本嗎？」

當時，我還不瞭解電視這個媒體的魔力。

那個節目並不是第一個介紹特列寧・晃子的節目。每次節目播出後，就會稍微帶動書的銷量，所以，我連續幾次加印，每次都印兩千本。這次也印了兩千本，所以並沒有特別在意庫存的事。

當初《THE BEST HOUSE 123》來洽談時，我和晃子的母親都從來沒有聽過那個節目，我們在吃飯的時候還在聊：

「那不是娛樂節目嗎？為什麼想要介紹晃子的事？」

「對啊，我也忍不住問了這個問題。對方回答說，他們有時候也想要認真做節目，促使讀者更認眞地對待生命，所以要蒐集主題。其中一位工作人員看了這本書，深受感動，所以提出了這個企畫。」

我們做夢都沒有想到會引起這麼大的轟動。

在福岡，書不可能馬上印好。如我曾經在前面所提到的，印刷和裝訂很費時，只要用稍微特殊的紙張，就必須從東京調貨，所以，從印書到完成時間比東京的出版社多好幾倍，無論再怎麼趕，至少需要十天的時間。

俗話說，「電視效應不超過三天」。當觀眾看了電視後，如果無法立刻買到書，很快就會放棄，把這件事拋在腦後。他們等待的耐心不會超過三天。所以，電視節目帶來的效應過了三天就會冷卻。

但是，這次過了三天後，熱情仍然沒有冷卻，觀眾很有耐心地等待。從北海道到沖繩，來電訂書的書店不計其數，地方・小型出版流通中心在接下來的很長一段時間，都接到了來自全國各地的訂單。我永遠不會忘記，當時在亞馬遜網路書店，這本《請照顧我女兒》在排行榜上僅次於《哈利波特》的預購成績，成為第二名，在那一年下半年度的銷售排行榜中進入了前十名。

之後，在日本電視台的《NNN紀實》節目中，播放了加藤先生製作的紀錄片，那部紀錄片很出色。因為這個節目的關係，之後，里奧涅德先生、柚莉亞和晃子的母親參加了《二十四小時電視　愛可以拯救地球》這個節目的演出。

福岡的小型出版社出版的書想要出現在全國各地的書店簡直比登天還難，由於很難和大型經銷商直接合作，通常都透過地方・小型出版流通中心作為大型經銷商的窗口，間接向書店鋪貨。由於原則上採取買斷的方式，向來用可退書的託售方式做生意的書店並不喜歡這樣的售書方式。書店退還給經銷商的書在讀取條碼後，就被視為是買斷品送回書店。從書店到經銷商，再從經銷商到書店的運費都由書店方面負擔，書店根本無利可圖，甚至可能虧本，所以，光是聽到「原則買斷」，就很不願意訂書。

但是，能賣的書還是賣得出去。

在這種情況下，還是有書店願意賣，代表讀者需要這本書。《請照顧我女兒》正是如此寶貴的一本書。

第三刷時，我曾經問晃子：「妳可能沒有餘力再補充新的內容了，但有沒有什麼最想說的話？」於是，晃子告訴我，希望在最後一頁補充以下這句話。她已經無力對寫信、致電和寫電子郵件給她的廣大讀者寫感謝信，同時，想要再度傳達這本書原本的目的「請各位寫信給柚莉亞」。這是晃子最大的心願。

之後，富士電視台的《智慧家的鏡子》在介紹時，特別介紹了這個部分，我們收到了來自全國各地的很多讀者來信。

晃子的想法傳達給無數人，在柚莉亞生日或聖誕節時，總是收到很多信和禮物。讀者在送禮物時，總是附上一封封情眞意切的信。寫信給柚莉亞的讀者包括了各個年齡層，從小學生到老年人都有。令人意外的是，有時候會同時收到一疊小學生或是中學生的信。原來有好幾個學校的班級在上道德課時，老師告訴他們這個故事，全班寫了感想後一起寄來。看到小學生也看了晃子的書，我感到特別高興。

「想到我媽媽也是帶著這種心情生下了我，就覺得特別高興，更感謝媽媽生下了我。」

「我目前也和晃子女士一樣，正在接受癌症的治療，雖然我無法像她那樣寫書，但我想把這本書留給我的女兒。」

每封信中都寫滿了感謝的話。

我很希望柚莉亞能夠趕快認字，學會看書。她在全國各地都有家人，大家都對她說出了很多關切的話語。

「柚莉亞，妳媽媽溫柔堅強，是一個很了不起的人。最重要的是，她很愛很愛妳。」

也有很多讀者寫了鼓勵的信。特列寧・晃子冒著生命危險生下了女兒，想要對女兒說的話打動了無數人的心，也讓別人瞭解到她想要傳達的事。我很晚才踏入出版這個行業，沒有一本書像晃子的書一樣，讓我如此獲益良多。

猛然發現，書要再版了。小型出版社通常不敢一下子印太多書，但我曾經有兩次一口氣印了一萬本，每次我都想：「啊，至少暫時不要再煩惱增刷的事了。」

我平時常常說，即使這些書被退回來也沒有關係，我可以把這些剩下的書送去學校和托兒所，幸好至今爲止不曾有過大量退書，所以，也還沒有達到可以捐贈的量。

有一天，東京的音樂製作公司「奇蹟巴士」的渡邊充先生打電話給我，他在電話中說，創作歌手河口恭吾先生打算在秋天推出的唱片中收錄《請照顧我女兒》的內容。

「我們會負責歌詞和樂曲，屆時請你們確認一下。」

我立刻聯絡了晃子的家屬，家屬一口答應，說是難得的好機會。河口先生完成的歌曲曲名叫〈留給妳的信〉，歌詞的內容是，一位不得不拋下可愛幼兒離開人世的母親，想要留給孩子的話。河口先生和特列寧・晃子同爲作詞人。

當時，河口先生想去拜訪里奧涅德先生和柚莉亞，希望可以配合宣傳。我打電話給熟識的報社和電視台安排時間。當時，他們問及了書的事。

「可不可以再稍微介紹一下書的情況？目前賣了幾本？」

「應該是十六刷，七萬本。」

「田島小姐，河口先生作曲這件事固然是新聞，《請照顧我女兒》這本由地方出版社出版的書竟然如此暢銷，這是前所未有的事吧？」

結果，報導中也提到了這本書，而且聽說是社會版的報導，反而讓我嚇了一跳。書肆侃侃房沒有打任何廣告，只是默默地做該做的事，卻託《請照顧我女兒》的福，讓讀者和書店知道了這家出版社的名字。也許是我神經太大條，但我實在不太瞭解。如果是其他大型出版社，或許可以衝出十倍的銷量，但又覺得正因爲是我們這種沒沒無聞的小出版社出的書，沒沒無聞的作者所寫的書，所以才會受到矚目。

不，也許都不是。

《請照顧我女兒》之所以暢銷，是因爲這本書本身的力量。即使有電視節目的宣傳，即使是大出版社出版的書，也不能保證暢銷。現在不是只要有錢，就可以賣出暢銷書的時代，那是晃子對她的書施了魔法，是晃子的心願「希望更多人看這本書，然後寫信給柚莉亞」的心願感動了眾人的結果。

我經常對出版同業說：

「做書的時候，必須做好賣不出去的心理準備。在創作階段，書屬於作者；創作完成後，或許會暫時屬於出版社，但其實一本書一旦完成，就具有專屬於這本書的個性，暢不暢銷，只能說是一本書的命運。書籍上市後，就無路可退了，只能交由讀者決定。讀者心目中的好書，一定可以送到心愛的人手上。」

雖然這些話聽起來有點像在耍帥，卻有相當一部分說出了書籍出版的事實。

還有很多我只能說是「命中注定」的事，我介紹其中一件最令我感動的事。

有一天，一位來自大阪的女大學生來找我。她小心翼翼地從背包裡拿出一本看起來有點舊的《請照顧我女兒》，上面似乎沾到了她的汗水和淚水。她是在電視節目上看到這本書後買的。

「之前我遇到了很痛苦的事，很煩惱，不知道該怎麼辦。看了這本書，我不停地流淚，書上寫了很多其他書上從來沒有說過的激勵話語，完全沒有說教，讓我有一種獲救的感覺。比方說這一段。」

她手指的地方是以下這段話：

小孩子的時候很長、很長、很長。（省略）總之，當小孩子的時間會很長，不妨輕鬆看待，覺得就是這麼一回事。因爲即使著急也無法改變任何事，反正未來的路還很長。

「時間」很神奇，可以對這個世界上所有的事物發揮作用。雖然時間的流逝很緩慢，但確確實實可以解決很多事，所以，有時候，乾脆把事情交給「時間」處理。

仔細思考一下，會覺得人生就是在「等待」什麼。可能在等待美好的事物，希望妳能夠充滿期待地等待。

除此以外，還有「媽媽覺得，偶爾蹺課也沒什麼不好」、「繼續相處下去，只會讓自己繼續受傷害，不如趁早分道揚鑣，各走各的」、「眞的面臨絕境時，就趕快逃吧」、「大人說的話並不是句句都是至理名言，遇到這種情況時，可以左耳進，右耳出」等等……。書中有很多細膩、親切的叮嚀，才讓她沒有鑽牛角尖，迷失自我。

「我隨時把這本書放在背包裡，所以總覺得背上很溫暖，只要輕輕摸一下，就覺得自己能夠繼續努力活下去。」

女大學生說完，又小心翼翼地把有點磨損的書放回了背包，轉身離開了。

我很希望這本書就像女大學生放在背包中一直溫暖她一樣，也可以溫暖眾多讀者的心，我相信柚莉亞也可以感受到這一點。

結語

二〇一一年二月六日，柚莉亞迎接了五歲的生日。她在放著晃子照片的佛堂前一臉天眞地笑著，不時露出羞澀的表情。照片中的晃子露出微笑，對心愛的女兒逐漸長大成少女充滿慈愛。爲了讓這個無可取代的生命降臨人世，她失去了自己的生命，晃子直到最後一刻，都無法接受命運的殘酷。晃子辭世即將三年，柚莉亞再過一年多就要上小學了，父女兩人仍然住在以前和晃子一起生活過的公寓，柚莉亞白天讀幼稚園，週末的時候去晃子位在唐津的娘家住宿，尙子他們也回娘家時，就可以和表姊妹一起玩耍，好不熱鬧。

我有時候也會去唐津，對著晃子的牌位說說話。

「晃子，柚莉亞的確成爲外婆和爸爸之間溝通的橋樑，和表姊妹也玩得很開心。」

「晃子，今天是柚莉亞的生日，妳看，爲她擺設了雛人偶，柚莉亞很快就要上學了。」

柚莉亞漸漸有了自我。聽說日前和表姊妹玩得很開心，不想跟里奧涅德先生回家。晃子的《請照顧我女兒》也許很快就可以發揮作用了。

附錄

《請照顧我女兒》讀後感

看了書之後，可以感受到作者對柚莉亞的母愛，也感受到柚莉亞的媽媽多麼愛自己的家人，我希望以後也可以當這樣的媽媽。（奈良縣、十一歲、小學生）

我覺得這位媽媽很溫柔、很溫柔，不顧自己得了癌症，生下了上天賜予的孩子，所以，她是溫柔的媽媽。我相信我媽媽也是因為愛我才生下我，我以後要在生活中對媽媽抱著感恩的心。這位媽媽的溫柔，還表現在她做好了心理準備，在生下女兒後，會把女兒託付給小孩的爸爸和她自己的家人。所以，我以後搭公車和電車時，看到孕婦要讓座，禮讓她們。（神奈川縣、十二歲、小學生）

這位媽媽的心願是和「女兒（家人）一起生活」，她因為和爸爸約定「要送你一個小寶寶」，所以才決定要生下小孩子。這位媽媽努力的意志，帶給她生下這個孩子的力量，這位媽媽為了新生命（嬰兒），不惜犧牲自己的生命。（神奈川縣、十二歲、小學生）

幸虧這位媽媽在生下小孩後沒有死，如果她沒有生下孩子，選擇自己動手術治療癌症，墮胎的孩子就無法活下去，她將一輩子背負罪惡感。她在生下孩子後再動手術的決定，可以感受到她對腹中胎兒的母愛。（神奈川縣、十二歲、小學生）

看了書之後，我再度體會到每個母親都關心自己的孩子勝於自己，看到這位媽媽不想死，想要和家人在一起時，心情很複雜。媽媽在女兒只有兩歲時死了，女兒可能不太記得媽媽的樣子，成長過程也會很辛苦，但我相信，女兒心中一定會記得媽媽。雖然這位媽媽很難過、很痛苦，很慶幸她看到了自己的女兒。（神奈川縣、十二歲、小學生）

這麼愛小孩、愛家人的人離開人世，但也有些活著的人並不珍惜自己擁有的一切。這位媽媽留下信和錄音帶，是因為她很愛很愛自己的小孩。（神奈川縣、十二歲、小學生）

給柚莉亞。祝妳生日快樂。

《請照顧我女兒》是我非常、非常、非常喜歡的一本書，妳媽媽寫的這些話總是深深打動我，我相信當妳長大之後，這本書一定可以帶給妳很大的支持。這本書也讓我受益良多，當我和朋友吵架時，只要看了這本書，就會覺得「明天去向朋友道歉」；和媽媽吵架時，看了這本書，原本叛逆的心也漸漸平靜下來，所以能夠向媽媽低頭道歉。我以後也會好好珍惜這本書，這將是我一輩子的寶貝。我是國中二年級學生，在中學時期，經常會在學習和交友關係上遇到很多煩惱，甚至會為這些事傷心流淚，也常常會和朋友吵架。但是，朋友很可貴，和朋友一起聊天、逛街，一起去玩很快樂，會希望「我們一直當好朋友」。請妳以後也要珍惜朋友，我很同意妳媽媽說的，「朋友的質重於量」。祝妳永遠健康快樂。（島根縣、十四歲、中學生）

晃子女士直到最後一刻，都努力用行動告訴柚莉亞生命的可貴，以及如何珍惜自己，直到最後一刻，都深深愛著柚莉亞。這本書太令人感動了，無論看幾遍都不會厭倦。（鹿兒島縣、十五歲、中學生）

柚莉亞。妳剛過了三歲生日，妳的生日不光是妳降臨人世的日子，更是妳媽媽在和癌症奮鬥的同時生下妳的日子。等妳長大以後，開始上小學、中學和高中後，一定可以體會一件事，那就是「感謝」。妳之所以是妳，是因為妳媽媽生下了妳，有朋友陪伴在妳身邊。當妳長大之後，一定會對家人說：「謝謝你們養育我長大。」到時候，記得感謝妳的媽媽。我相信妳是一個心地善良的人，所以，一定要好好珍惜家人。

柚莉亞，妳有沒有聽過這句話？

「One for all. All for one.」

我為人人，人人為我。我每天都牢記這句話，當別人遇到困難時，就主動上前關心。日後當自己遇到困難時，別人也會主動關心、幫助。

等妳長大以後，請妳珍惜這句話，而且，絕對不要背叛別人。（福井縣、十五歲、中學生）

晃子女士對柚莉亞的母愛令我深受感動，更驚訝地發現「為母則強」這一點。里奧涅德先生失去晃子女士的慌亂令人印象深刻。如果這麼早就失去太太，我恐怕也會亂了方寸。晃子女士的生命能量太驚人了。（大分縣、二十四歲、男性）

給柚莉亞。看了妳媽媽的照片，我覺得她很漂亮，那是一種由內而外的美。我在電視上看到妳媽媽寫的這本書，立刻去書店買回家。雖然有很多無法用言語表達的感想，但還是想提筆寫信給妳。妳媽媽是我理想中的母親，書裡寫了很多小孩子期待父母說的話和期待父母可以有的想法。最令我印象深刻的，就是「老師說的話並不是聖旨，並不是絕對正確」。希望妳以後也有自己的意見，遇到困難時，立刻和家人、朋友商量，因為人無法獨立活在這個世界上。同時，希望妳能夠找到自己的興趣愛好，無論做任何事，不要在努力之前就輕言放棄。我也會努力活在當下。（福岡縣、二十五歲、醫療事務）

其實，我目前的狀態和特列寧．晃子女士一樣，所以，她的書引起了我很大的共鳴，我在看的時候流了很多淚。生命真的很可貴，我會珍惜和女兒共度的每一天。（長野縣、二十六歲、家庭主婦）

柚莉亞，我透過媒體得知了妳媽媽寫的書，妳媽媽用寫書的方式留給妳的這些話，也給其他人帶來了很大的影響。看了書之後，我發現家人並不是只有那些和自己有血緣關係的人，所有支持自己的人都是家人，要接受自己的現狀，愛自己，愛周圍的人。無論發生任何事，都要相信自己。當無法相信自己時，不妨向天堂的媽媽、陪伴在妳身旁的爸爸和周圍人撒

嬌。Keep your smile！柚莉寶貝，大家都會支持妳。（東京都、二十七歲、女性）

我相信看過這本書的人都能夠體會，晃子女士充滿深情地寫下這本書，她深愛柚莉寶貝，也信賴、深愛著里奧涅德先生，她心中萬般的不捨，都深深打動了我。書中有令人莞爾的地方，也有令人難過流淚的情節，這本書就像是晃子女士的化身。（長野縣、二十八歲、護士）

這是我看過的第一本母親充滿真情地寫給自己孩子的書，令我深受感動，也讓我重新思考身為女人，身為妻子，身為母親的意義。對柚莉亞來說，這本書就是媽媽的化身，相信這本書會一直陪伴柚莉亞成長。我的母親也去世了，以後，我也會把這本書當作是亡母對我說的話，同時，也會懷念晃子，好好珍惜這本書。我要感謝身在天堂的晃子女士，希望柚莉亞能夠健康長大。（愛媛縣、三十一歲、公司職員）

每次想到晃子女士的心情，就會覺得格外難過，心好像被撕裂了。我也有一個一歲四個月的女兒，如果我不得不拋下女兒先走一步……每次想到這裡，就痛苦不已。我也是從十年前開始生病，產後情況惡化，看了晃子女士的書之後，我覺得自己因為這些小病小痛哀怨就太對不起她了。衷心祈願柚莉亞在爸爸、爺爺、外婆和這本書的陪伴下幸福長大。（兵庫縣、三十二歲、家庭主婦）

我沒有女兒，但或多或少能夠體會有一個女兒的母親的心情。當柚莉亞進入青春期後，一定會一次又一次地看母親留給她的話。拋下幼女離開人世真的很痛苦，但也許生活在一起時，會因為害羞而無法說出這些真心話。（鹿兒島縣、三十三歲、女性）

我和晃子女士屬於同一個世代，有一個女兒，今年五月滿兩歲。因為家事忙碌而無法擁有自己的時間，常常會讓自己心浮氣躁。在電視節目中看到晃子女士的家人，感受到平淡的日常生活是多麼幸福。柚莉亞，希望妳永遠記住正直而努力的媽媽健康成長。我會連同晃子的份，珍惜每一天的生活！晃子的很多話都帶給我極大的勇氣。（東京都、三十四歲、女性）

這是一本母親留給女兒的書，令我深受感動。我雖是男人，但從事護理工作，保護病人的生命是我的職責，這本書帶給我很大的勇氣。希望隨著醫療的進步，努力減少病人的死亡，讓人們不再失去心愛的家人。我父親罹患癌症，在五十六歲時去世，當時，我還沒有參與護理工作，他只留下遺言而已。但是，我活在世上，就是父親留下的紀念。我要接過父親的接力棒，繼續傳給下一代。（新潟縣、三十四歲、護理師）

我女兒一歲七個月，我剖腹產生下了將近三千五百公克的女兒。女兒很強壯、健康，看了晃子女士的書，我再度感受到健康是多麼幸福，也更珍惜現在。這本書充滿了愛，等我女兒長大以後，我會讓她看這本書，讓她瞭解，這就是母愛。（埼玉縣、三十四歲、家庭主婦）

晃子女士的厲害之處，在於她不矯情，用真摯的語言告訴了孩子重要的事。除了小孩子，一般讀者看了也可以產生共鳴。疾病奮鬥記很感人，真實的感受很打動人心。（北海道、三十四歲、事務）

我和作者一樣，家中都有幼兒。在育兒過程中，經常會為一些瑣事消沉，陷入負面思考。看完這本書，我對日常生活充滿了感恩，思考也變得更加積極。這是一部發人深省的作品。（東京都、三十六歲、家庭主婦）

作者用她獨特而堅定的價值觀，對待在生命過程中必須面對的事，所傳遞的訊息有力而純潔，充滿了愛，太感人了，證明作者至今為止的人生多麼充實。看到疾病奮鬥記的部分令人鼻酸，但也因此讓我思考了自己的身體和日常生活的事。透過書中的照片，看到了柚莉亞的無敵可愛和晃子女士燦爛的笑容。（福岡縣、三十六歲、家庭主婦）

從書中直接感受到晃子女士真誠的話和真誠的心，晃子女士對柚莉亞說的每一句話，都是無可取代的聖經。（石川縣、四十歲、派遣員工）

不得不留下幼女離開人世的遺憾和痛苦難以衡量。我有一個十五歲的女兒，女兒的成長是我最大的動力，晃子女士寫的內容有很多都是我想對女兒說的話。我想和女兒一起看這本書。（德島縣、四十二歲、公務員）

我擔任家庭課的老師，曾經在國中三年級的保育課上播放《THE BEST HOUSE 123》的節目錄影，請學生寫感想。我曾經接受癌症手術，這麼本書讓我思考了很多問題，雖然我的心情無法平靜，但還是基於必須認真對待生命的觀點，把晃子女士作為教材使用。之前上道德課時，我總是站在旁觀者的角度，如今不得不面對死亡的問題，但我還是回到了職場。

（山口縣、四十五歲、地方公務員）

我曾經照顧生病的太太，似乎能夠瞭解晃子女士的丈夫的想法。雖然病人最痛苦，但周圍的人也會產生很大的壓力……。希望柚莉亞長大後看這本書，能夠瞭解媽媽（還有爸爸）的想法。（福岡縣、四十六歲、公司經營者）

只要想到晃子年紀輕輕，就不得不留下可愛的幼兒離開人世，眼淚就流不停。這個世界上，有些人在浪費生命，但晃子想要多活一天，多陪伴女兒，看了令人為之鼻酸。柚莉亞，希望妳連同媽媽的份健康長大，和爸爸一起快樂生活。妳媽媽真的活出了生命的光彩。

（東京都、五十歲、女性）

我有兩個兒子，他們都已經結婚了，但身為母親，無論兒子幾歲了，都會掛念兒子，所以，柚莉亞，妳的媽媽心中應該有萬般的不捨，她能夠把自己的想法寫成書，是一位很酷的媽媽！看了這本書後，我也受益良多。希望柚莉亞能夠珍惜自己，快快樂樂生活，結交很多朋友，度過美好的人生。我沒有女兒，所以會把妳當成是自己的女兒，為妳的幸福和健康祈禱。雖然我和妳素不相識，卻產生了這樣的心情，可見這本書的力量多麼驚人！可以感受到妳媽媽對妳的愛，未來有很多美好的事在等待妳，即使遇到痛苦，妳也會變得更堅強，變

成一個善解人意的人。所以，妳要相信自己，開心度過每一天！（三重縣、五十三歲、女性）

我想要知道晃子女士傾宇宙之愛留給女兒的話，所以買了這本書。如今，柚莉亞應該兩歲半，一定是一個可愛的小女孩，在成長過程中，一定可以感受到媽媽充滿不捨的母愛。晃子女士不惜犧牲自己，生下了可愛的女兒，又冷靜地用自己的語言告訴女兒什麼是愛，我已經很久沒有這種感動了。希望柚莉亞可以腳踏實地，連同媽媽的份一起生活，成長為一個閃亮動人的女人。（宮崎縣、五十五歲、主婦）

看了電視後，讀六年級的孫子說想要看這本書，所以就買回家了。他的母親在他姊姊五歲，他一歲的時候得了癌症，在他們分別是七歲和三歲時死了。死的時候才三十歲，並沒有留下什麼話。孫子是想從這本書中尋求母親的面容嗎？還是覺得他母親也帶著相同的不捨離開？他想要知道什麼？（長野縣、六十一歲、家庭主婦）

我小學五年級時，媽媽得了乳癌，動了三次手術，在我十五歲時死了。我是單親家庭，我們母女兩人相依為命，母親死後，就剩下我一個人。即使想活也無法活下去……特列寧・晃子女士心裡很清楚這一點，所以寫下了自己的想法，相信她的內心一定十分痛苦。這個充滿母愛，和生命奮鬥的真人故事催人淚下。熊本的「送子鳥搖籃」收容了十七名棄嬰，真希望那些人在丟掉孩子之前，看一看晃子女士多麼想活著照顧自己的女兒卻無法做到的故事。我認為這本書可以用於中學和高中的國文課或性

教育，讓更多人瞭解年輕男女的交往方法，也瞭解被拋棄的人將面對多麼痛苦的人生。（熊本縣、六十五歲、計程車司機）

無論翻到哪一頁，都沒有絲毫的沉悶，完全不像是正在和癌症奮鬥的人所寫的，反而可以感受到晃子女士積極對抗疾病的身影。（熊本縣、六十五歲、女性）

得知世界上有這麼好的母親，我既高興，又感動，在心中默默祝晃子女士安息的同時，也祈禱柚莉亞順利長大。（沖繩縣、七十七歲、女性）

我會好好珍惜寶貴的生命，謝謝。（靜岡縣、八十一歲）

看了書之後，很慶幸自己買了這本書。我也有一個女兒，我希望我女兒也看看這本書。（愛知縣、家庭主婦）

給柚莉亞和柚莉亞的爸爸。看了《請照顧我女兒》後，認識了柚莉亞的媽媽，柚莉亞的媽媽對你們的感情令我深受感動，柚莉亞的媽媽一定在某個地方靜靜守護著你們，希望你們快快樂樂地度過每一天。我是外國人，和日本丈夫結了婚，有一個一歲五個月的女兒。我知道在國外養育兒女有多辛苦，柚莉亞，妳也要珍惜和俄羅斯的緣分，如果可以學一點俄羅斯話，有時候和爸爸說幾句俄羅斯話，妳爸爸一定會很開心，工作和育兒的壓力一下子就消失了。柚莉亞，妳是女生，以後一定很喜歡打扮，如果爸爸幫妳拍很多照片，留下妳可愛的身影，等妳長大之後，一定會很感動，也會對爸爸充滿感激。我很能瞭解柚莉亞的爸爸上班快遲到了，還要幫妳拍照片的心情，希望妳永遠是一個健康快樂的女生。（大阪府、女性）

柚莉亞，看了妳媽媽的書，我無法不提筆寫信給妳。妳的媽媽晃子女士一定很想和妳、妳的爸爸一起生活下去，治療癌症的過程也很辛苦，但妳是妳媽媽生命的意義，所以她為了妳努力活下去，她太了不起了。妳媽媽把身為一個女人的生活方式都寫在書上，一定可以帶給妳很大的幫助。希望妳連同媽媽的份，和爸爸一起健康、快樂地生活。晃子女士的生活方式也是我學習的榜樣，讓我感受到生命的活力，晃子女士和你們全家人帶給我很大的勇氣，非常感謝。這本書成為我的至寶，我妹妹也在結婚後一年，在三十一歲時因為癌症去世了，她在記事本上也寫著「我想活下去」、「我一定要活下去」。晃子女士和我妹妹都在和不安、害怕奮鬥，我們活著的人要把所遇到的事化為生命的動力，珍惜曾經擁有的緣分。（福岡縣、女性）

附錄

晃子和里奧涅德　邂逅和離別／田島安江

晃子的家世背景

特列寧．晃子（享年三十六歲）出生於佐賀縣唐津市，九歲之前都是獨生女。父母離婚後，母親獨力撫養她。她母親回憶當時的情景說：「只要有書看，她就會一個人乖乖看書，完全不需要大人多費心。她的身體向來很好，從來不生病，我也不曾為她操心。」

之後，她母親改嫁，繼父也很疼愛她，母親生下和她相差多歲的妹妹尚子後，一家四口過著安穩的日子。之後他們曾經數度搬家，最後在佐賀縣唐津市那一片美麗海岸的虹之松原附近，建造了自家的房子，全家人都住在一起。

她的老家和彩虹松原只相隔JR筑肥線的鐵路而已，晃子在福岡的西南學院求學初期，曾經搭這班電車通學。她每天搭著穿越松林，沿著海岸線行駛的電車上學時，都覺得電車將把她帶去一個未知的世界。

不久之後，晃子打工存錢，搬到大學附近的公寓，開始了一個人的生活。她向來意志堅定，一旦決定了目標，就會朝向目標前進。她很獨立，從來不向父母或是他人求助。

就讀國際文化系的晃子用打工的錢買了電腦，開始上網。她認為電腦和照相機都是和世界接軌的必要工具。畢業後，晃子從事網路相關的工作，她希望以後有機會去國外旅行，最好能夠在國外生活。她內心一直懷抱這樣的夢想。

想要在國外生活，必須先學好英語。於是，她開始每天聽英語會話的廣播節目。不久之後，她的朋友也都知道了這件事，在朋友眼中，她是一個「刻苦認真，腳踏實地，為夢想默默努力的人」。

正因為晃子學了英語會話，才能夠邂逅同樣希望在國外生活的特列寧．里奧涅德，最後步上了紅毯。

里奧涅德的家世背景

特列寧．里奧涅德是俄羅斯人，出生於一九六七年十一月，在一個名為Rostov-on-Don的城鎮長大，他在莫斯科大學求學後去當兵，服了一年兵役，再度進入RSU大學求學。

他在一九九一年四月完成學業，進入IT相關企業工作，除了擁有程式設計師的證照，還有駕駛空軍直升機的駕照，飛行傘飛行員執照，他在俄羅斯是社會菁英，主要從事軟體和網路開發工作，是一位優秀的軟體設計工程師。

一九九六年，里奧涅德在他二十九歲時來到日本尋求新天地，他剛到日本時住在東京，但他喜歡安靜的環境，所以，並不太喜歡東京的生活。

他在朋友的介紹下換了工作，進入福岡縣

小郡市的一家軟體開發公司工作。他剛到日本時，內心希望有朝一日去美國精進工作能力。

小郡市是位在福岡市南方的寧靜田園都市，不久之後，這裡成為他生命中最重要的地方。他在這家位於小郡市的公司工作了十一年，在這十一年期間，他邂逅了晃子，和她步入禮堂，在二〇〇四年歸化國籍，之後只擁有日本籍。

「我在這一行有二十年的經驗，是具備高度技能的專業軟體設計工程師，曾經參與多項即時傳送圖像・聲音的專案。

「除了程式設計以外，還具備硬體、電子工學和網路方面的豐富知識，可以全方位地統籌工作，既能夠參與從專案籌備、設計、執行、整合和運用的任何一個階段的工作，也有能力獨力完成從起點到終點為止的所有階段的工作。

「願意在安靜、禁菸的工作環境賣力工作！」

這是里奧涅德在轉換跑道時，在履歷表上所寫的內容，這些內容是晃子為他擬的稿。他雖然具有日文的會話能力，但幾乎不會讀寫，因此，需要晃子的協助。無論寫履歷表還是向公家單位提出申請，都由晃子協助他撰寫。

兩人的相識

他們產生交集後，花了幾個月的時間互通電子郵件，經過了一段時間後才決定見面。

晃子在高中時代曾經玩過樂團，透過音樂對國外產生了興趣。她開始自學英文，堅持每天早上聽NHK的英語會話廣播節目，很希望能夠趕快找到用英語聊天的對象。

晃子個性謹慎，並不打算交外國男朋友，她

只希望可以結交能夠練習英文的外國朋友，而且，最好是母語是英語的外國人。

當時，晃子在福岡市中央區天神的一家科技公司工作，公司附近有一個國際交流中心，當她得知那裡有一個佈告欄後，就在午休吃完午餐後，前往瞭解情況。

佈告欄上貼了很多紙條，晃子也鼓起勇氣，貼了一張「徵求用英文交談的朋友」的佈告，當她留下電話號碼和電子郵件信箱時，工作人員告訴她，為了避免遇到不必要的麻煩，他們交友中心採取的方式是，會員看到想要結交的朋友時，再向工作人員索取對方的電子郵件信箱。

於是，晃子得知了里奧涅德的電子郵件信箱，鼓起勇氣寄了郵件給他。那真的是令人臉紅心跳的事，於是，他們開始互通電子郵件。

「早安，今天還好嗎？」

「我要出門上班了，今天可能會加班到很晚。」

「是嗎？加油囉，路上小心。」

「你回到家了嗎？今天的工作情況怎麼樣？」

「嗯，很慘，好像一切都很不順。」

「今天工作很累，但中午吃了美食，所以整個人都變得很有精神。」

他們開始用電子郵件聊家常。

那時候，晃子的工作是更新網站，她最喜歡介紹供應好吃午餐店家的專欄。她去親自發掘的餐廳吃午餐，寫下附有照片的感想文，貼在網站上。這個工作不僅提升了她的電腦技術，更讓她體會到和網友相處的樂趣。

剛開始互通電子郵件時，他們並沒有互傳照片，總覺得一旦交換了照片，萬一對方不喜歡自己，就不可能再有下文了。那種結果太令人難過了，於是，決定瞭解一段時間後再說。他們兩個人的性格和處事態度很相像。

用電子郵件交流後，他們發現彼此都擁有共同的夢想，「以後想去國外，最好能去美國生活。」

晃子和里奧涅德的孩提時代

他們的孩提時代也有很多共同點。曾經是獨生女的晃子向來乖巧，從來不需要媽媽為她操心。她喜歡看書，獨自玩耍也不會膩。因為晃子的父母都要工作，所以沒有時間陪她玩。

或許是晃子小時候就知道家庭狀況，所以向來不會吵鬧，每次看到她一個人靜靜地看書，她媽媽很慶幸生了一個乖巧的女兒。

之後得知里奧涅德小時候的事，令人忍不住莞爾，因為他們的性格太相似了。

里奧涅德在大人眼中也是一個古怪的孩子，喜歡獨自玩耍。他不會和同學一起玩，也不會和家人一起喧鬧。吃完晚餐後，就馬上回自己的房間一個人玩。

第一次約會

他們互通電子郵件之後，終於鼓起勇氣準備見面。只是雙方都忘記了當時是因為什麼契機才決定見面。

他們決定約在一個熱門的地方，於是，他們相約在福岡市天神的西鐵電車的西鐵福岡車站見面。因為對方是外國人，晃子以為只要看到就會馬上認出來。雖說他們已經決定見面，但還是沒有交換照片。

他們約在十二點整見面，打算一起去吃午

餐。

沒想到等到十二點十分、十二點二十分，都沒有看到像是里奧涅德的人現身。天神是鬧區，很多人在這裡下車，也有很多外國人。晃子緊張地四處張望。

「啊，會不會是那個人？」

「嗯，不是他，難道是那個？」

她完全忘記福岡有很多外國人，原本以為一下子就可以認出里奧涅德，沒想到大錯特錯了。她這才發現兩個不知道對方長相的人，約在這種人來人往的地方實在太魯莽了。

「怎麼辦？」

她覺得像是里奧涅德的外國人，都瞥了她一眼就和她擦身而過。

差不多等了一個小時……。

「咦？那裡好像也有一個人在等人，而且等了很久。」

晃子突然看向一個外國人，但立刻否定了自己的想法。

「不過，不可能是他，怎麼會有人穿得那麼俗氣。」

因為晃子向來認為，外國人＝帥氣。

時間一分一分過去，晃子也有點灰心了。

「沒想到我被甩了。」

她垂頭喪氣，正打算回家時，發現剛才那個外國人不時看她。

「咦？真的是他？」

即使不是他，還是問一下好了。雖然他的打扮很俗氣，但長得還不錯……。

「請問，你該不會是里奧涅德？」

「對啊，妳是晃子？」

兩個人終於見了面。之後，這件事一直成為他們之間的笑話。

里奧涅德當時也覺得：

「我沒想到那個看起來像在等人的女人是妳，和我原本想像的不太一樣。」

「你是說我像醜八怪嗎？」

「醜八怪是什麼意思？」

「你老是在這種時候假裝聽不懂日文。」

但是，晃子在第一次約會時就心情沉重。里奧涅德幾乎不說話，只是悶著頭在街上走，完全搞不清楚他高興還是不高興。晃子也找不到機會說話，只能一直跟在他身後走在街上。

雖然是晃子和里奧涅德的第一次約會，但他們沒什麼話可聊，時間在尷尬的氣氛中一分一秒過去。他們一起去吃了烏龍麵，又去咖啡店喝了咖啡，然後就各自打道回府。

「里奧涅德一定不喜歡我，因為他甚至沒有和我約下一次見面的時間。」

接下來的幾天，晃子情緒低落，里奧涅德也沒有寄給她任何電子郵件。

過了一陣子，當里奧涅德邀她第二次約會時，她簡直欣喜若狂，更鬆了一口氣。然後，她這次約了一個比之前更容易找到對方的地方。因為他們約好要開車出遊，所以決定約在方便停車的神社停車場。

但是，到了約定的時間，仍然不見里奧涅德出現。等了兩個小時，他終於姍姍來遲。這一次他是因為搞錯了地方，跑去其他家神社了。

第二次約會時，里奧涅德還是幾乎不說話，但因為汽車音響播放的音樂很好聽，在聽音樂時，即使不說話也沒有問題，心情也很平靜。那一次，他們也去吃了日本餐。晃子覺得里奧涅德很體貼自己。

多次約會後，晃子發現，其實里奧涅德並不怎麼喜歡吃日本餐，而且，他是一個路癡，經常迷路，有時候開車速度驚人，晃子忍不住在一旁提心吊膽，覺得「好像開太快了」。而且，里奧涅德也沒有時間觀念。

晃子更知道里奧涅德向來沉默寡言，晃子也不太擅長和別人聊天，他們又多了一個共同點。在得知他是因為經常熱衷於自己喜歡的事而忘了時間，所以才會不守時後，晃子漸漸不在意時間的問題和其他的事。

漸漸地，晃子開始覺得「里奧涅德也許是個好人」。

培養感情的日子

他們約會時經常走出戶外，幾乎都是去海邊或是爬山，每次都由里奧涅德負責開車。福岡是九州的中心，交通很方便，是開車兜風的理想環境。

一到週末，他們幾乎都出門約會，只要開一下車，既可以上山，又可以去海邊。今天去阿蘇或九重（兩者都是國立公園內的山，有豐富的自然環境），明天去晃子故鄉的唐津，以及附近的糸島半島（有一片美麗的海岸線），下次再去長崎，永遠不會找不到玩樂的地方。

他們去海邊時，愛上了風箏衝浪（Kitesurfing）。風箏衝浪驚險刺激，也是一項運動競技項目，更是深受年輕人喜愛的水上運動，必須使用風箏衝浪專用的風箏，站在衝浪板上在水上滑行。

他們還愛上了一種名為飛行傘的運動。飛行傘是一種空中運動，也稱為滑翔傘，從山上在空中滑向低空。他們經常一同前往，享受雙人飛行傘的樂趣。當他們一起在天空中飛翔時，覺得整個世界只剩下他們兩個人，令晃子內心深感滿足。

無論去山上還是海邊，他們總是形影不離，回程時，一定會去泡溫泉。他們都很喜歡溫泉。

當然，這對年輕情侶並非每次約會都從事戶外運動，有一段時間，他們一到週末就去夜總會跳舞。他們盛裝前往夜總會，小酌幾杯，快樂跳舞到天亮。

平時單獨相處時，里奧涅德總是沉默寡言，去夜總會時，他總是特別健談，有時候也會說冷笑話，展現出平時難得表現的一面。一旦開始跳舞，他就變得異常活潑。晃子每次看著他，都覺得很不可思議。每次跳慢舞時，他都會緊緊抱著晃子。

晃子在平時經常感到不安，「他到底在想什麼？他真的愛我嗎？」

每次和他一起跳舞時，就真真切切地感受到「他真的愛我，我可以相信他」，有一種平靜的幸福感覺。

他們約會時去的餐廳都很固定。里奧涅德最愛吃炸豬排，他經常說：「俄羅斯沒有這麼好吃的東西。」那家餐廳的豬排都是現炸的，端上桌時，還會發出滋滋的聲音，而且還附高麗菜絲和湯，里奧涅德每次都連聲稱讚：

「日本料理太讚了！」

他們還會去另一家中餐館。那也是里奧涅德喜歡的餐廳。雖然只是一家大衆餐廳，但他們都會點幾道菜，兩個人一起分享。

里奧涅德一旦喜歡某家餐廳，就會經常去那裡，不喜歡去各種不同的餐廳嘗試，每次點的菜也都大同小異。晃子很喜歡挑戰各種不同類型的餐廳，但每次都尊重心愛的里奧涅德所喜歡的。因為晃子覺得只要和他在一起就很開心，其他的都不重要。

最令他們難忘的就是每年一度的新年倒數計時，那是晃子可以獨佔里奧涅德的唯一機會，只有在新年倒數計時的時候，里奧涅德從頭到尾都很有紳士風度，也對晃子百依百順。其他朋友看到向來冷酷的里奧涅德溫柔地抱著晃子的身影，都忍不住開她的玩笑。

晃子比任何人更理解里奧涅德。

「雖然他看起來很冷漠，其實他心地很善良，只是不善於表達自己。」

她經常在朋友面前為里奧涅德辯解。

終於開始共同生活

剛開始交往時，晃子每次都從位於福岡市區西方的住處去里奧涅德位在小郡市的員工宿舍，但每次深夜從小郡市回到自己的住處後，第二天一大早去上班很累人，於是，她下了決心，搬去里奧涅德的員工宿舍和他同居。

生活在一起固然快樂，也當然有不愉快。他們的興趣並不是完全相同，里奧涅德尤其在音樂方面特別固執。曾經玩過樂團的晃子之後又參加了樂團，需要時間練習，在家的時候也想要練習，但里奧涅德每次都為這件事不高興。

里奧涅德喜歡德國的樂團，尤其喜歡激烈的硬式搖滾，晃子經常覺得難以適應。她想起以前約會時，里奧涅德都放一些比較慢節奏的音樂，才發現當時他是在配合自己的興趣。

晃子最初是在讀中學的時候參加樂團，為了和比她大兩屆的學長一起練習，她開始彈貝斯，每天都苦練，希望給學長留下好印象。

她從那個時候開始對音樂產生了興趣，進入高中後，正式參加了樂團，畢業後，和當時的樂團成員仍然是好朋友。和里奧涅德之間的感情固然重要，但她覺得她和樂團成員之間的友情也很重要。

晃子經常覺得，只要周圍的人能夠幸福，自己忍耐一下、受點委屈也無妨，所以，在樂團練習的問題上，她也選擇了忍耐，覺得「既然里奧涅德不喜歡，那就算了」。

突然分手

他們交往了很長一段時間，里奧涅德卻遲遲沒有向晃子求婚。

「唉，周圍的朋友一個又一個結婚了，真希望他早一點向我求婚。」

晃子心裡這麼想，沒想到里奧涅德居然對她說了出人意料的話。

事情真的發生得很突然。

「晃子，我想暫時一個人好好思考該怎麼走以後的路，所以，我們可不可以分手？我想認真思考未來的人生。」

里奧涅德突然提出分手，晃子深受打擊，當然癱坐在地上。她的腦筋一片空白，一下子說不出話。

「你討厭我了嗎？」

「為什麼現在突然提出分手？」

晃子無法理解里奧涅德為什麼提出分手，她抓狂了，一個人奪門而出，衝了出去。

她不知道怎麼走回家的，當她回到娘家時，家裡的人也被她嚇了一跳。她一臉憔悴，獨自躲在房間內哭個不停。父母為她擔心不已，但心情盪到谷底的她沒有對父母多說什麼，甚至沒有告訴妹妹詳細的情況。

晃子向來都很獨立，所有大小事都自己決定，從來不會找家人商量，這一次也只能默默守護她嗎？家人都為她著急，設法讓她的心情平靜下來。

「要嫁給外國人未免太荒唐了，幸虧他們分手了。」

雖然父母內心鬆了一口氣，但看到晃子鬱鬱寡歡，還是忍不住心痛。

「晃子，你們是有緣無分啦，妳趕快忘記他。」

傷心的晃子暫時住在娘家，每天從娘家去公司上班。從事科技業的晃子努力藉由投入工作，忘記失戀的傷痛，每天從娘家所在的虹之松原車站到福岡一個小時的電車之旅，撫慰了晃子的心。

和里奧涅德分手後，晃子的心彷彿失去了生命，但季節繼續變換。

那一年剛好是福岡的職棒球隊「福岡大榮鷹隊」第一次獲得職棒冠軍，晃子的父母是大榮鷹隊的球迷，經常帶著晃子一起去看球賽散心，讓她暫時忘記了傷心。

晃子在失意中度日如年，有一天，收到了里奧涅德的電子郵件。

「家裡收到了寄給妳的信，妳什麼時候有空來拿？」

於是，晃子和里奧涅德在分手後再度見了面。因為相隔了一段時間，晃子終於能夠心平氣和地和他說話，不擅長表達自我的里奧涅德也很認真地說出了自己的想法。晃子聽了之後，才發現自己也對里奧涅德產生了誤會。

「晃子，我並沒有說因為不喜歡妳了，要和妳分手，我想要認真考慮結婚的問題，所以要一個人安靜思考。我們都要清楚認識對方，確認自己的心意後，決定要不要在一起，而不是渾渾噩噩地過日子。」

晃子這才知道自己之前都沒有察覺里奧涅德式的謹慎和慎重，反而做出了那麼情緒化的反應。她深刻反省，覺得自己應該努力瞭解里奧涅德，自己也有錯，於是，也就放下了身段，坦誠地面對里奧涅德。

分手後，里奧涅德也體會到晃子對他的重要，於是，兩人破鏡重圓，但是，晃子無法立刻把這件事告訴父母。他們的感情比之前更深，也終於開始認真考慮結婚的事。

有情人終成眷屬

二〇〇二年，里奧涅德去晃子老家拜訪，他穿上西裝，深深地向晃子的父母鞠躬拜託說：

「請你們同意晃子嫁給我。」

里奧涅德練習多次，終於說出了這句話。晃子的父母曾經看到女兒之前分手時痛不欲生的樣子，所以沒有當場點頭。

沒想到他們的命運在之後發生了極大的變化。那天，里奧涅德沒有獲得晃子父母的同意，就離開了青山家。晃子的父親在當天突然病倒，用救護車送去了醫院。晃子每天忙著照顧父親，周圍的親戚朋友看到之後，也幫忙說服晃子的父母：

「不如趁晃子父親還清醒的時候，讓他們趕快結婚吧。」

於是，他們急忙開始張羅婚禮的事。

原本父母反對他們結婚，但看到晃子對里奧涅德真誠的愛，覺得繼續反對下去，恐怕非但無法阻止女兒的這份感情，反而會失去這個女兒，最後決定祝福他們。

「你一定要讓晃子幸福，如果再像上次一樣，讓晃子那麼難過，我們絕對饒不了你。」

「當時，我並不是想和晃子分手，只是想認真思考結婚的事，我一定會讓晃子幸福的。」

晃子的父親用已經不太能動彈的手，在結婚登記表格的保證人欄內簽了名。父母祝福這對新人。二〇〇二年四月一日，他們終於成為夫妻，順利登記結婚。

婚後，他們在福岡小郡市的員工宿舍展開了新婚生活。宿舍是一棟兩層樓的房子，他們住在一樓，同一棟樓內還住了三戶人家。

晃子在婚後繼續工作，因為她的公司就在福岡鬧區的天神，無論衣著打扮都充滿了都會女子的風情。

那是她人生中最燦爛的時光，她也瞭解了里奧涅德的飲食喜好，平時下廚時，都會做一些義大利菜等西式料理。

她的工作很忙，每天都要加班。雖然對一個女人來說，從事走在時代尖端的工作充滿魅力，但因為工作實在太忙碌了，她根本無暇思考任何事，於是，她決定離職，重新思考工作的意義。

結婚後，他們去歐洲度蜜月，經過這次蜜月度假，他們比之前更憧憬國外的生活。下一個目標是美國。他們決定存錢去美國，這是他們的目標，也是他們的夢想，同時，更迫切地希望生孩子。

那時候，晃子重逢了學生時代的樂團成員，再度投入音樂的世界。當時，她作詞．作曲了一首〈Baby〉。

心愛的人，希望你知道，
人生並不漫長。
心愛的人，希望你瞭解，
千萬不要忘了我。

晃子用略微沙啞的聲音呢喃般地哼唱。

第二年，她和幾個情投意合的女性朋友決定，「要在紐約迎接新年！」

於是，她們一起去了紐約。其中一位朋友在事後回想當時的情況時提到：

「那時候晃子一直無法調整時差，常常在飯店睡覺。也許當時就出現了疾病的症狀。」

永遠的離別

三十歲後，晃子仍然遲遲無法懷孕。得知比她晚結婚的妹妹尚子早一步懷了孕，晃子更加著急了，在她打算接受不孕治療時，終於出現了懷孕的徵兆，也有了夢寐以求的愛情結晶。晃子興奮不已，里奧涅德也欣喜若狂。

當時，他們真的很幸福。他們打算孩子出生後，等孩子稍微大一點，一家三口移民去美國，這個夢想讓他們充滿希望。

那時候，他們根本沒有預料到即將面臨的悲劇。

晃子帶著夢想等待孩子降臨人世，某一天，她的身體出現了異常變化，脊髓出現了腫瘤，原本以為是良性，沒想到是惡性腫瘤。晃子仍然決定生下孩子，在生下柚莉亞後，勇敢地對抗癌症，最後帶著對女兒的眷戀，離開了人世。晃子享年三十六歲，柚莉亞才兩歲。如今，里奧涅德在曾經和晃子共同生活的公寓和柚莉亞相依為命。

國家圖書館出版品預行編目資料

請照顧我女兒：媽媽好想活下去，因爲媽媽想陪妳長大／特列寧・晃子著.——初版——臺北市：大田，2012.04
面；公分.——（美麗田；128）

ISBN 978-986-179-245-3（平裝）

731.9　　101001303

美麗田 128

請照顧我女兒：

媽媽好想活下去，因爲媽媽想陪妳長大

特列寧・晃子◎著
王蘊潔◎譯

出版者：大田出版有限公司
台北市106羅斯福路二段95號4樓之3
E-mail：titan3@ms22.hinet.net
http：//www.titan3.com.tw
編輯部專線（02）23696315
傳眞（02）23691275
【如果您對本書或本出版公司有任何意見，歡迎來電】
行政院新聞局版台業字第397號
法律顧問：甘龍強律師

總編輯：莊培園
主編：蔡鳳儀　編輯：蔡曉玲
行銷企劃：黃冠寧　網路企劃：陳詩韻
校對：陳佩伶／蘇淑惠
承製：知己圖書股份有限公司・（04）23581803
初版：2012年（民101）四月三十日
定價：新台幣 300 元

總經銷：知己圖書股份有限公司
（台北公司）台北市106羅斯福路二段95號4樓之3
電話：（02）23672044・23672047・傳眞：（02）23635741
郵政劃撥：15060393
（台中公司）台中市407工業30路1號
電話：（04）23595819・傳眞：（04）23595493

國際書碼：ISBN 978-986-179-245-3 / CIP：731.9 / 101001303
Printed in Taiwan

廣　告　回　郵
北區郵政管理局登記證北台字1764號
免　貼　郵　票

From：地址：

姓名：

To：**大田出版有限公司　編輯部收**

地址：台北市 106 羅斯福路二段 95 號 4 樓之 3
電話：(02) 23696315-6　傳真：(02) 23691275
E-mail：titan3@ms22.hinet.net

＊請沿虛線剪下，對摺裝訂寄回，謝謝！

大田精美小禮物等著你！

只要在回函卡背面留下正確的姓名、E-mail和聯絡地址，
並寄回大田出版社，
你有機會得到大田精美的小禮物！
得獎名單每雙月10日，
將公布於大田出版「編輯病」部落格，
請密切注意！

大田編輯病部落格：http：//titan3.pixnet.net/blog/

智　慧　與　美　麗　的　許　諾　之　地

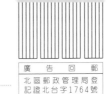

wawa劉瑞琪◎繪圖

讀 者 回 函

你可能是各種年齡、各種職業、各種學校、各種收入的代表，
這些社會身分雖然不重要，但是，我們希望在下一本書中也能找到你。
名字／＿＿＿＿＿＿ 性別／□女 □男　出生／＿＿＿年＿＿＿月＿＿＿日
教育程度／
職業：□ 學生□ 教師□ 內勤職員□ 家庭主婦 □ SOHO族□ 企業主管
□ 服務業□ 製造業□ 醫藥護理□ 軍警□ 資訊業□ 銷售業務
□ 其他＿＿＿＿＿＿
E-mail/＿＿＿＿＿＿ 電話／＿＿＿＿＿＿
聯絡地址：
你如何發現這本書的？　書名：請照顧我女兒
□書店閒逛時＿＿＿＿書店 □不小心在網路書站看到（哪一家網路書店？）＿＿＿＿
□朋友的男朋友(女朋友)灑狗血推薦 □大田電子報或編輯病部落格 □大田FB粉絲專頁
□部落格版主推薦＿＿＿＿＿＿
□其他各種可能 ，是編輯沒想到的＿＿＿＿＿＿
你或許常常愛上新的咖啡廣告、新的偶像明星、新的衣服、新的香水……
但是，你怎麼愛上一本新書的？
□我覺得還滿便宜的啦！ □我被內容感動 □我對本書作者的作品有蒐集癖
□我最喜歡有贈品的書 □老實講「貴出版社」的整體包裝還滿合我意的 □以上皆非
□可能還有其他說法，請告訴我們你的說法

＿＿＿＿＿＿
你一定有不同凡響的閱讀嗜好，請告訴我們：
□哲學 □心理學 □宗教 □自然生態 □流行趨勢 □醫療保健 □ 財經企管□ 史地□ 傳記
□ 文學□ 散文□ 原住民 □ 小說□ 親子叢書□ 休閒旅遊□ 其他＿＿＿＿＿＿
你對於紙本書以及電子書一起出版時，你會先選擇購買
□ 紙本書□ 電子書□ 其他＿＿＿＿＿＿
如果本書出版電子版，你會購買嗎？
□ 會□ 不會□ 其他＿＿＿＿＿＿
你認為電子書有哪些品項讓你想要購買？
□ 純文學小說□ 輕小說□ 圖文書□ 旅遊資訊□ 心理勵志□ 語言學習□ 美容保養
□ 服裝搭配□ 攝影□ 寵物□ 其他＿＿＿＿＿＿
請說出對本書的其他意見：

大田出版有限公司編輯部 感謝您！

※請沿虛線剪下，對摺裝訂寄回，謝謝！